open

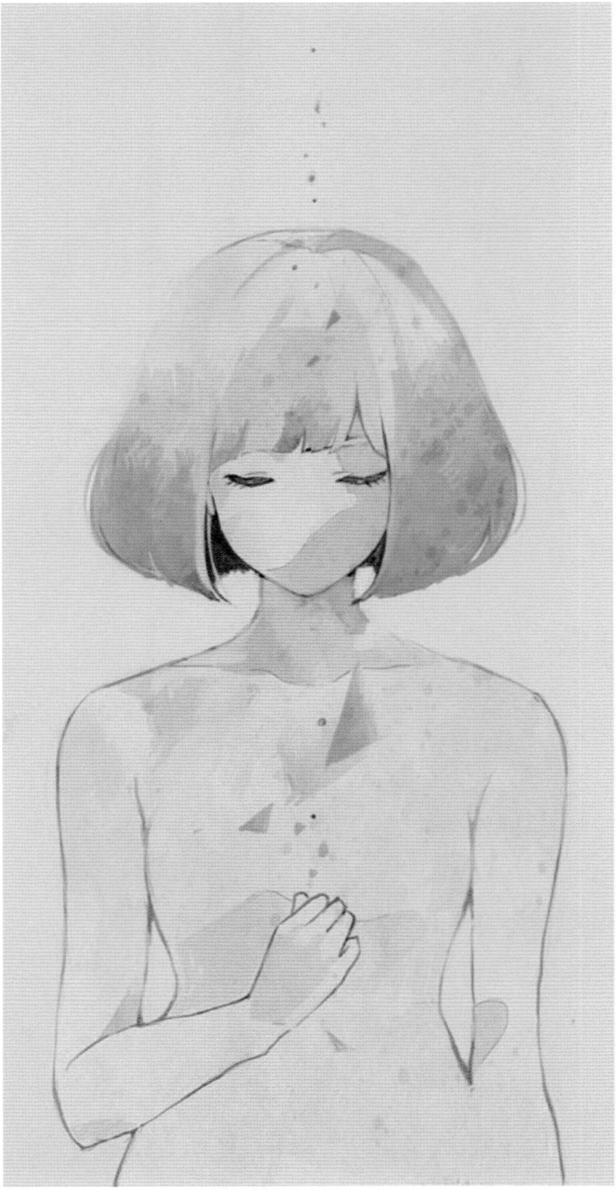

NW
NE
MIKA
W
E
KURUMI
AZUMA
SW
SE
KATORI

成為星星的少女

高山一實

trapezium

takayama kazumi

trapezium

偶像文化從日本誕生至今為時已久。每隔數年會迎來一波熱潮，但現在感覺是正在退潮的時代。

對於東由宇來說，這種事一點都不重要。

成為星星的少女　目次

Ch. 1

南方之星　～豎卷髮的女孩～

＊ 1 ＊

計畫進行的第一天。

放學前的班會結束之後，今天也搭乘四點多的電車。在一小時只有一班車的這種鄉下地方，即使是沒加入社團的學生都會自然認識彼此。但只有今天不太一樣。

「聽說高橋因為逃票被停學了。好像是爬圍欄的時候被計程車司機看見，一狀告到學校。」

「真的假的？笑死。」

兩名陌生男高中生的對話響遍空蕩蕩的車內。發車廣播播完，電車朝著和以往相反的方向起步。我到底在做什麼?左手三根手指按在頸動脈，隨即感覺到劇烈的搏動。明明有好幾次回頭的機會，我卻悉數拒絕。這項計畫荒唐又沒勝算，但我已經下定決心開始進行。

位於半島南端，因為一無所有而聞名的車站。下車的瞬間就感受到蕭條。車站附設一座冷清的公園，風化變成獨眼的熊貓與看似流血的兔子遊樂器材埋沒在茂盛的雜草堆。白天還好，若要在晚上經過這裡，光是想像就令人發毛。好想順利完成任務趕快回家。

走在沿海的大馬路沒多久，小小的標誌映入眼簾。花的時間沒想像得多。在這裡轉個彎，距離今天的目的地就沒有多遠。強烈的海風多管閒事推著我前進。

——聖南特尼里塔斯女學院。

莊嚴的校門俯視著我，我也不服輸地瞪回去，順便往玫瑰造型的雕刻銘牌踹了一腳。事前已經以Google的街景服務確認沒有守衛室，但是果然連一個警衛都沒看見。只不過，私立千金學校沒有隨便到准許我順利穿過校門。

「等一下，妳在做什麼?」

「問我嗎?」

「不然還有誰？」

環視周圍，確實沒有其他人。身穿白色西裝制服的女孩，以像是看到破襪子的誇張眼神注視我。她擺架子般雙手抱胸，慢慢接近過來。

「來我們學校有什麼事？」

「只是不經意過來晃晃。」

「這種鳥不生蛋的地方，怎麼可能沒事就跑來？」

「……」

應該說實話避免她起疑嗎？但我不認為說完就能順利讓她理解。

「好啦，可疑人物，和我一起去教職員室吧。」

「我不是可疑人物。」

「不然是誰？」

「我只是……朋友……」

「……朋友？」

「我只是想在這所學校交朋友。」

「哼，真好笑。」

女孩高聲一哼，按著眼角笑了起來。這一連串的動作感覺不到優雅。

「聽清楚，像妳這樣身穿美妙衣物的女性，敝校的學生配不上。懂嗎？開衩開得好像兜襠布的裙子，像是韭菜圍在脖子上的緞帶，這品味真是出眾。我實在學不來。」

「呃……」

「感覺繼續打交道會很麻煩，我就告辭吧。妳剛才踢特尼里塔斯的銘牌，我就不過問了，所以要感謝我啊。」

我看著離去的女孩背影，叮嚀自己要整理狀況並且保持冷靜。但是克制憤怒的情感沒那麼容易。

「嘖，特尼里塔斯了不起嗎……」

我朝著可恨女孩的背影比中指。她剛才酸我酸到不行。我身上這套東高的制服評價很差，這在當地是眾所皆知的事實。

依照全國調查公開的結果，升學報考的時候會「在意學校制服」的女國中生是六至七成，回答「制服是選校重點」的也超過一半。總歸來說，女國中生每兩人就有一人是以制服選高中。

不過想考上城州東高中沒那麼簡單，品牌形象也建立得不錯。擁有的傳統與魅力足以彌補老土的制服，這不是值得驕傲的事嗎？

如果「特尼里塔斯」在拉丁文真的是「溫柔」的意思，那麼最好開除剛才那個大小姐的學籍。設立一所艾洛尼（Irony）學園，盡快幫她辦理轉學手續吧。

＊　2　＊

沿著中庭前進，眼前是童話王國般的景色。闊葉樹彷彿從內側覆蓋校舍，下方設置數張可以享受樹蔭的長椅。看著反射夕陽的美麗噴泉，會懷疑這裡是否真的是學校。

即使數度和應該是放學回家的特尼里塔斯學生擦身而過，剛才的心理創傷也令我遲遲不敢搭話。不安與焦急湧上心頭。就在差點失去自信的這時候，背著網球拍的女孩映入眼簾。

「等一下！」

光是一瞥，她的容貌就奪走我的目光。原本想從打聽情報開始，但是計畫變更。我拚命追過去，女孩卻走向網球場深處。我不禁使力抓住網球場的圍欄。像是純金條般光彩奪目的她，我千萬不能追丟。

「這位同學……」

「嗯？」

「來網球社有事嗎？」

轉身一看，身穿網球裝的嬌小少女站在我旁邊。長相酷似當年的榊原郁惠。

「那個……」

「妳的制服，是東高？」

「是的。」

「原來如此。來偵察是吧？」

「偵……偵察？」

「東高的學生居然會來，代表我們也變強了。機會難得，要不要打一場？」

「不，我是……」

「別說了，來吧！」

被硬塞網球拍的我，不情不願緊握球拍。我只在體育課打過網球，但我對運動細胞有自信。問題在於對手。

「就當成見識貴校的本事，先請妳和她打吧。」

酷似郁惠的女孩，居然帶了純金條過來。

近距離看見的她，美麗標緻得令人緊張起來。千萬不能把球打到她臉上。

「敝姓東，請多指教。」

「東小姐，我是華鳥蘭子。放馬過來吧，拚盡妳的全力。」

連名字都美麗的她朝我微笑。此時，我回想起以前在外婆家看過的漫畫。

「……蝴蝶夫人？」

豎卷髮加上大緞帶。像是漫畫裡的女孩般，完美的身材比例。原來如此，名為華鳥的南方美少女，正是從《網球甜心》蹦出來的龍崎麗香本人。

「比賽結束。華鳥獲勝。」

結果是華鳥以直落三獲勝。雖然輸了比賽，但我在最後一局打到平分，以外行人來說表現得很好。說不定我有打網球的天分。

「東高的同學，請妳離開吧。」

「咦？」

郁惠硬是拉著我的手，無視於我的意願。

「我看錯人了。妳居然會輸給那個華鳥。」

「等一下……」

「對無名小卒沒什麼好說的。再見。」

我還沒和華鳥說到半句話，就這麼被趕出網球場。我頭上冒出一個大問號。不能就這樣默默回去。等華鳥結束社團活動吧？不過要是又遇見郁惠也很尷尬。

「東小姐！」

此時，我聽到圍欄另一側有人叫我。神站在我這邊。純金條晃著大大的緞帶走向我。

「換個地方吧。」

華鳥抓住我的手腕。潔白修長的手傳來體溫，我不禁緊張。和剛才郁惠拉我的時候大不相同。

來到中庭，華鳥放開我，靜靜坐在長椅。

「我是來向妳道謝的。」

「道謝？」

「沒錯。比賽前，妳叫我『蝴蝶夫人』對吧？」

「嗯。」

「我好開心。我啊，是因為非常喜歡《網球甜心》才加入網球社。」

「我也喜歡！以前在外婆家看過漫畫……」

「東小姐，妳實際上是什麼社？」

「咦？」

「妳肯定不是網球社。」

「……」

「我居然打得贏別人，這是不可能的事。」

華鳥的視線哀傷朝下，直到剛才盛開的玫瑰花逐漸凋零。

「……對不起。」

「妳不必道歉。說來很丟臉吧？因為我明明是這種外型，網球卻打得比任何人都差。」

我很意外。第一次看見她的時候，我覺得她真是一位無懈可擊的完美女性。但是現在的她脆弱又消沉。

「我不知道東小姐為什麼來這裡……不過總之謝謝妳。」

「其實，我是來這所學校交朋友的。」

「交朋友？」

「是的。很奇怪吧？」

「很奇怪。」

華鳥瞇細雙眼，露出隱含溫柔的高雅笑容。

「不過，我和妳一樣奇怪。」

她再度牽起我的手，小心翼翼地包覆。華鳥的手指細長美麗，不適合運動。我的手大到像是男生，感覺好丟臉。

「不介意的話，我和妳做朋友吧。當成妳叫我蝴蝶夫人的謝禮。」

我懷抱著比通過高級英檢更充實的心情返家，打開自家鐵門。回程遇到附近阿姨說聲「您好」問候時，她也只回應「歡迎回來」露出詫異表情。我大概在期待某些東西吧。至今理所當然般的生活環境，從別的角度來看突然覺得寒酸。

沒去客廳露面，就這麼進入凝聚為兩坪半的自己房間，坐在椅子上，設定一小段回憶時間。看來勉強完成任務了。算是踏出不錯的第一步吧。

在書桌攤開不輸伊能忠敬的手繪地圖，在位於下方的聖南特尼里塔斯女學院打個大大的叉。同樣平放在桌上的生涯規劃調查表，我什麼字都不想寫。

手機響起。是剛才的大小姐打電話來。我以「南」這個名字登錄她的號碼。

Ch.2
西方之星　～過長袖的女孩～

＊　1　＊

由東往西，今天也抵達陌生的車站下車。鄰近這個車站的高中共三所，各自的特色與制服，我大致記在腦中。在人口不多的地區，學區內的概略情報都會廣為人知並且共享，要說例外應該只有聖南特尼里塔斯女學院。據說學費是公立學校五倍以上，校內會開小提琴、豎琴與古典芭蕾等才藝課，但我身邊沒人就讀那所學校，所以真相不得而知。直到我認識「南小姐」。

接下來要去的學校裡，也沒有我認識的人。不過那裡是擁有五十年歷史的傳統學校。這邊已經取得某個「有力的情報」。

我在放學學生的人潮逆流而上，朝著正門前進。和前幾天不同，擦身而過的盡是男生，男生，男生。沒有任何人穿制服。大概因為是五年制的學校，大家看起來都比我成熟。是的，位於前方的不是普通高中，我的下一個目標是「西特庫諾工業高等專科學校」，偏差值六十六分。

我在四到五歲的時候，和母親參加這所西特庫諾高專的文化祭「工業祭」。雖然在那之後約十年再度來訪，我卻覺得沒有想像中的那麼懷念。留在我心中的記憶只有「來過」的事實，以及當時「撈金魚」的短暫時光，不過我試著將裁切出來的這個片段鮮明印在腦中。

當時是在教室裡。我這輩子第一次撈金魚。無論紙網破掉多少次，高專的大哥哥都換新的紙網給我。我得以託福撈到想要的紅色金魚，大哥哥們也一起為我開心。看著當時送我裝金魚的透明塑膠束口袋，我記得大哥哥們還多送我兩條金魚。這是美妙的驚喜，我可能因為太開心而忘記道謝。

那時候的金魚現在也還在我家水槽。多送的其中一條金魚，在金魚界的生存競爭存活下來。在弱肉強食的世界漂亮稱霸的牠，最近脊椎也稍微彎曲了。擅長擺撲克臉的牠，今天應該也獨自在水槽漂泊吧。但是現在的我沒空像金魚一樣漂泊。笑容令人印象深刻，撈金魚攤的溫柔大哥哥。今天肯定也會有這種高專男生悄悄對我伸出援手——

「跟誰有約嗎？」

「……不是。」

「這樣啊。給個電話好嗎？」

「……」

我深刻反省兩秒前的自己。這個男生穿著深V低胸上衣來上學，令我不以為然。下半身的黑色煙管褲也緊貼大腿，感覺行動很不方便。與其這樣，優衣庫的運動衫加駱駝色長褲好太多了。像是媽媽買什麼就穿什麼的服裝搭配會給人不錯的印象。

「不好意思，我沒手機。」

我冷漠拒絕，他隨即把嘴噘得像是小夫一樣尖，然後離開了。我悄悄把手上的手機放進包包，決定埋葬內心對他的罪惡感，只留下「真的很抱歉」的心情。

不提這個，我從剛才就在意一件事。大約三十公尺前方，走進正門左手邊的腳踏車停車場，我一直感覺有視線射過來。不，已經不只是感覺，擺明就是有個傢伙往我這邊看。綠色格子上衣遠遠就強調存在感。

（大概自以為躲得很好吧。）

這個時段明明肯定有社團活動，放學的學生們卻接連湧向校門。普通高中一天上六堂課，但我記得高專是八堂課。也就是說現在或許剛好上完課，是回家社成員們的尖峰時間。既然那個綠衣男生在腳踏車停車場，那他肯定也沒加入任何社團吧。

我踩著「沙，沙」的音效，就這麼走向腳踏車停車場。察覺我接近的綠衣男生立刻移開視線，煞有其事開起腳踏車鎖。無意義反覆抽拔鑰匙的動作明顯不自然。隨著距離愈來愈近，逐漸看得見腳踏車擋住的下半身，最後出現的是駱駝色的長褲。褲頭拉得有點高，因此稍微看得見腳踝處的白襪。雖然有點土，卻給我不錯的印象。我放下心來，決定向他搭話。

「不好意思。」

「……是。」

男生放開鑰匙，輕聲回應。

「我想問一件事，方便嗎？」

「問……問我嗎？」

「當然。」

「……」

不知道是不是天生的，頭髮很長而且亂翹。厚重眼鏡給人沉重的感覺，不過高挺的鼻梁穩定支撐。我像是要催他回話般再接近一步，發現他的皮膚漂亮到嚇人。別說青春痘或鬍子，甚至沒有毛孔。潔白美麗的肌膚甚至令我在一瞬間懷疑他上了粉底。從他散發的氣息很難想像他是無性別男孩，大概是天生麗質吧。

「我想知道機器人研究會的活動場所，可以告訴我嗎？」

「啊啊……好的。」

輕聲細語又結巴的說話方式。雖然絕對不是愛理不理，但他散發的處男感是怎麼回事？

「……那個……從那邊看得見的校舍旁邊道路直走……右轉走沒多久看到中庭再……啊……我想想……嗯，不……還是……啊……我來帶路。」

「別這樣，你正要回去吧？可以嗎？」

「嗯……就算我口頭說明，我覺得也很難懂吧。」

「好開心。那麼……就拜託你吧。」

「記得機器人研究會是在實習室旁邊的組合屋活動……往這裡走。」

我乖乖跟在他的身後前進。他的身高只比我高一點，真是不可靠的背影。

「這位大哥，你剛才是不是一直從腳踏車停車場看我？」

「……咦……沒啦……因為……制服……」

看來果然不是我誤會了。

「制服？啊，我懂了。反正你也在想『這套老土制服是哪間高中』對吧？」

明明這套制服還得照顧我兩年多，但是被特尼里塔斯的大小姐消遣之後，我就自卑得不得了。今天乾脆穿便服過來會比較好嗎？

「不，我只是……喜歡女高中生的制服。」

他說出心聲之後，以食指揉著太陽穴，嘿嘿笑了幾聲。

「……」

他在腳踏車停車場投過來的視線，確實率直到驚人。他對制服的憧憬成為耀眼的集合體，進化為超越物理法則的光線插在我身上。前去找他搭話的我，其實是下意識受到他的引導。

我對此沒有反感。現在的我看得很開，在這個年紀發現自己喜歡制服而且直言不諱的他，我反而覺得灑脫到不太對勁。長大成人之後接觸制服的機會變少，因而察覺制服的好……我一直以為這才是怪癖誕生的程序，但他居然在這個年紀就覺醒，應該算是早早就在變態界出道吧。不過，這個男生從剛才就只看著斜下方，這也令我摸不著頭緒。從一開始搭話到現在，他從來沒有和我視線相對。

「既然這麼愛看，你明明可以多看幾眼啊。要是不趁現在看個過癮，將來可能會犯法喔。」

「不，感覺近看的話太刺激了。」

雖然他嘴裡這麼說，但我清楚看見他的眼睛瞥向我。角膜等級的變態無藥可救，所以我換個話題。

「高專果然沒什麼女生嗎？」

「是的。」

「我從剛才就連一個女生都沒看見。」

我轉頭張望，感覺老是和周圍的高專男生對上視線。仰望一旁的校舍，發現有人從三樓窗戶對我們指指點點。糟糕……服裝果然在負面意義引人注目。我稍微低頭往前走沒多久，聽到正前方傳來「明天聽你解釋啊」這個聲音。我就這麼看著下方，猜測綠衣男生應該是遇到熟人。即將擦身而過的時候，我確認那個傢伙的表情，看見他掛著壞心眼的笑容使眼色。

「總覺得因為我的關係造成你的困擾，對不起。」

「不，完全不會。」

我看向他的臉，發現他依然笑咪咪的，所以我放心了。接著他輕聲說「這是寶貴的經驗」，我忍不住也笑出聲。
「高專的女生果然受歡迎嗎？」
「受歡迎喔。在都是男生的環境裡，只要是女生看起來都可愛。啊，那邊看見的就是實習室，所以快到了。」
我正要將視線從他臉上移向遠方所見的實習室時，左手邊任憑風吹日晒雨淋的泳池更令我在意。和全年乾淨的東高溫水泳池大不相同。沒有屋頂，只以柵欄圍繞，因為季節還沒到，所以池水是混濁的褐色。同樣髒兮兮的泳池邊站著一名學生，而且是女生——難道就是她？
「那個，等一下。那個女生是……！」
「啊，妳知道？是在去年ＮＨＫ機器人大賽一舉成名的……」
大河久留美。我早早就順利發現今天的獵物——白虎小姐。
「她是我們學校的公主喔。但她為什麼在泳池？」
「公主……」
應該不只是在這所學校內部這麼說。她在網路上也是這個綽號。

＊2＊

造訪聖南特尼里塔斯女學院之前，我就知道她這個人。

「來女校的男實習老師會受歡迎」，「男校唯一的年輕女教師會被捧為女神」等等，後宮三千或是萬綠叢中一點紅都充滿浪漫氣息，但我聽到「高專的女生很搶手」這種說法的時候，首先會以同性身分感到羨慕，同時內心也提出「那麼全校最正的女生不就迷倒眾生？」這個高專女神最強的假設，在計畫一開始的時候就決定要前往城州唯一的專校「西特庫諾高專」。

搜尋引擎是雅虎。在圖像搜尋輸入「西特庫諾工業高等專科學校」之後，畫面正如預料顯示校舍與校門的照片。

「感覺保全超鬆散的。」

我掌握大致的氣氛而放心時，滾動滑鼠滾輪的手突然停止。一張照片映入我的眼簾。我連忙移動游標點選圖片之後，穿工作服的可愛女孩占滿電腦螢幕。我繼續點選下方顯示的網址看介紹，得知她的身分。

網址連結到「附圖！在專科機器人大賽爆紅的超絕美少女大河久留美」的網頁。內容是去年ＮＨＫ播放機器人大賽的時候，「西特庫諾高專」的女生超可愛而引人熱議。有心人特地節錄推特與２ｃｈ的留言，連同擷圖做了一個懶人包網站，由此感覺得到她姿色異於常人。報導最後以「久留美是機器人界的公主！」這句堅定的話語做結。

「我只從網路情報略知一二，她果然有名嗎？」

「上電視之後的一個月左右真的很誇張，粉絲甚至跑來學校。」

「粉絲？」

「是的。無線電視的影響力超強，久留美成為這附近的話題人物。啊啊，原來在那之後已經半年了。」

「當時她變得多有名？」

我直到搜尋「西特庫諾高專」都不認識她。

「不只是有名，這附近的高中生應該都認識吧？但是經過這麼久，已經是眾所皆知的事實，所以最近也沒人大驚小怪了……」

原來如此。如今幾乎沒人聊到 Dandy 阪野的話題，但是活在那個時代的人們內心清楚記得他曾經以「ＧＥＴ！」風靡一時。就是相同的道理吧。

「這麼說來……妳是幾年級？」

他的視線往下偏，所以我不覺得這裡的「妳」是指我，但在這個狀況只可能是我吧。

「我嗎？我高一。」

「啊，那我懂了。妳去年還是國中生，當時又是考季，所以可能不知道。」

這個男的一知道我比他小，語氣就變得沒那麼客氣，而且不知道是不是我多心，他一聊到久留美就忽然變得饒舌。

「那個……妳不願意的話可以不用說，不過……妳為什麼來我們學校的機器人研究會？」

「其實是來見她的。」

「啊，原來如此。因為最近知道她這個人，成為她的粉絲？」

「哎，簡單來說就是這種感覺。」

「如果是半年前，妳可能會吃閉門羹，但現在或許會聽妳講幾句話。」

「咦？這是什麼意思……」

話還沒說完，他就踏出腳步，所以我跟了過去。不必去實習室了。他毫不猶豫伸手打開通往泳池的鐵網門。

「想說幽靈社員難得露面，居然帶了女生過來。」

「還好啦。」

我很想狠瞪笑咪咪的他，卻不能變臉。帶我來這裡的他，居然也是機器人研究會的成員。不過近距離看見的大河久留美更是令我驚嘆。眼尾朝下，比照片還圓的眼睛加上淡色瞳孔。平整的五官與櫻桃小嘴奠定「可愛」的印象。比我長一點的齊瀏海鮑伯頭，頭頂處的頭髮以兔子髮圈固定。個頭明明不高，卻刻意穿上大尺寸的運動服，這是身材嬌瘦才做得到的技巧，一般女生這麼穿的話，看起來可能會臃腫。只是在這個時期，雖說那件運動服不厚，但是她這樣上半身不會熱嗎？自然過長的袖子，我難以判斷是為了防晒還是做造型。和可愛外表相反的尖酸語氣留下突兀感，但因為聲音細柔偏高，不會給人刻薄的印象。

久留美酸他一頓之後，若無其事轉身踏出腳步，坐在五十公尺泳池正中央位置的池畔，將剛才拿上岸的機器人再度放回水面，開始操作電腦與控制器。

「那麼，時間差不多了，我先走了。」

「謝謝。」

＊３＊

我向至今幫了大忙的嚮導道謝，他順其自然問我電話號碼，我也告訴他了。和久留美距離夠遠，不必擔心這段不自然的對話被她聽見。

「加油吧。」

他細長的雙眼終於隔著厚厚的鏡片看向我。這一瞬間，無聲的世界擴展開來。當我回神，他已經消失無蹤。

「……………」

真是一場神奇的邂逅。喜歡制服的怪男生。沒想到他最後會露出那種眼神。

他特地為我做這麼多，我一定得做些什麼，才不枉費他的這份恩情。不過從大河久留美的角度來看，我現在獨自待在這裡的狀況確實很奇怪。

她專注沉迷在機器人的世界，甚至沒發現這邊剩下我一人。我靜靜走向泳池畔。躡手躡腳慢慢接近過去，察覺氣息的久留美看向我，然後連忙將機器人撈上岸。我注視著這樣的她，繼續縮短距離。

「那……那臺機器人真棒。」

「…………」

「敝姓東，來自城州東高中。」

「…………」

「妳正在做什麼?方便的話，請稍微讓我觀摩……」

「等……等一下。」

她打斷對話，像是不准我繼續接近。

「突然這樣是怎麼回事?」

她將雙手舉到面前抓啊抓的，朝我露出困惑的表情。

「那個，我不是可疑人物。只是對機器人有點興趣才會來這裡，但也完全不算是對這方面很熟……」

「唔～～總覺得搞不懂狀況。對不起，先告辭了。」

她以悠閒的語氣斷然說完，一把抱起剛才操作的機器，放在位於附近的推車。我連忙叫住她卻徒勞無功，她頭也不回就離開泳池。

「失敗……嗎……」

我的學校背包裡，小心翼翼擺著一套原本想在後來給她看的「機器人組裝新手包」。在 Amazon 售價六萬圓，為了這一天，我從五百圓硬幣撲滿撥出部分儲蓄買下來，不過看來白花錢了。按照預定計畫，我會表明「說明書比想像的難懂，不知道該怎麼辦」，請她一起和我組裝。明明知道事情不可能這麼順利，卻懷抱一絲期待。我沒察覺理想與期待的差異。理想是自己所描繪，期待是寄託於他人。今後別懷抱期待吧。

抬頭一看，天空是藍黑色。生苔的綠色池畔與褐色的水很適合現在的我。我將耳機硬塞進耳朵，強行抬起沉重如鉛的雙腳。今天已經不想再見到任何人。我逐字品嘗入耳歌詞的含意，盡可能進入歌曲的世界，心無旁鶩踏上歸途。

＊　4　＊

脫掉鞋子踩在木質地板，雙腿的疲勞逐漸由地板吸收。返家後的流程一如往常，今天也坐在自己房間的書桌前。即使不想回顧，大腦也自然為這一天進行反省。

接下來該怎麼做？也可以將目標轉移到西方的其他高中。但是還有其他人會令我這麼渴望獲得嗎？我覺得就算找也找不到。

和今天關照我的那個男生商量看看嗎？我只是單方面告訴他電話號碼，不過現在有一個應用程式很方便，只要對方登錄電話號碼，我的帳號也會自動收到通知。「真司」已經加入我的好友名單。

（今天謝謝你。後來久留美小姐沒多久就走了……都是因為我害她不高興。對不起。）

收到這麼消沉的報告，他應該也嚇一跳吧。在收到回應之前，我看著「真司」的頭像打發時間。他的主畫面是美麗的夜空。我原本猜想是穿制服的二次元少女圖，總覺得期待落空。首頁是預設圖像。到頭來，關於他的個人情報，我只知道「真司」這個名字。

回到聊天頁面，我傳的訊息成為已讀。上方欄位立刻顯示我有新訊息。

（我才要說今天謝謝妳。其實我一到家就收到久留美的聯絡，她問我剛才一起過去的那個女生其實是誰。）

在這種時候，如果是心上人傳訊息過來，應該會算準不太快又不太慢的時間點回話吧。我毫不猶豫回應。

（這樣啊。抱歉害你夾在中間兩難。）

真司到底是怎麼回答久留美的？我打字想問個清楚，但他繼續傳訊息過來。

（關於妳的身分，我自認巧妙向她說明了。久留美好像也希望妳改天再來，說下次會好好拿機器人給妳看。）

我大約六點半離開高專，現在時間是八點四十七分。這短短的兩個多小時究竟發生了什麼事？狀況瞬息萬變令我不知所措。大概是消沉與開心的落差太大，看完這段訊息之後的喜悅混入些許焦急。

（謝謝。我後天去拜訪。）

原本覺得盡快比較好，但氣象預報明天下雨。而且我想利用這一天惡補機器人大賽相關的知識。食慾隨著安心造訪，到飯廳吃個蟹肉奶油可樂餅之後輪到睡魔來襲。我抱持小睡一小時的心態躺在沙發，但是我醒來的時候，窗簾縫隙射入明亮的陽光。

＊5＊

「啊，東小姐。」

她在泳池畔揮手，我也揮手回應。完全是歡迎光臨的氣氛。眼尾比平常垂得更低，露出潔白牙齒的那張笑容，彷彿加上小花朵朵開的特效。今天她的左側也擺著無機質的物體。

久留美邀我到右側，我和她並肩而坐。今天的應對和上次差太多，使我感覺有點不好意思，此時她先開口了。

「上次的態度那麼失禮，對不起。」

「不，是我突然搭話，我才該道歉。」

「東小姐沒有錯。我聽阿真說了，妳今天也是搭一個多小時的電車專程過來吧？妳對機器人的熱情，我最初聽到的時候有點嚇到……但是這份熱情傳達給我了。」

真司大概把我設定為機器人迷吧，這個設定奏效，所以如今我不會責備，但他要是預先告知「我是這麼設定的」該有多好。話是這麼說，不過真司貼心接棒給我，我可不能搞砸。我提醒自己溝通的時候要比以往更慎重，以免露出馬腳。

「喜歡機器人的女生很少見，所以我一直想找時間見久留美小姐一面。因為妳很有名。」

「…………」

久留美表情微微扭曲。看來她果然不樂見自己廣為人知。

「我是單方面知道久留美小姐，甚至跑來找妳，對不起。我先自己介紹。」

我簡單向久留美做個自我介紹。喜歡偶像；小時候學過古典芭蕾，但現在沒學了；不久之前去唱歌，第一次唱出一百分；在田宮（TAMIYA）買了機器人卻組不好……這一切我都以自己擅長的英語說明。只有最後那段是我無論如何都想加入「機器人」這個詞而撒的漫天大謊。

「好厲害～～！超流利的！是久留美聽錯嗎？妳在田宮買了機器人？」

「是的。」

「好好喔～～久留美都沒去過！」

她說完再度露出小花朵朵開的笑容，看著這樣的她，我不禁覺得乾脆就這麼立志當個真正的機器人迷也不錯。

久留美的言行舉止很文雅。完全沒有先前和真司說話時感覺到的犀利語氣。或許這才是她平常的樣子。但我隱約感覺到她對真司的冷漠是某種情感使然。

「那個，我從上次就在意一件事，方便問一下嗎？」

「好的。」

「妳為什麼在泳池？」

機器人研究會的據點好像在別的地方，而且他們在機器人界是強校，社員肯定也不少，那她為什麼獨自待在這裡？

「因為正在吵架。」

「吵架？」

「是的。說來話長，但我覺得妳會聽久留美說。」

「如果我可以的話，我完全不在意。請告訴我吧。」

「謝謝。我們學校在去年的機器人大賽，以『蹦蹦跳跳的兔子機器人』獲得最佳設計獎，而且就這麼獲得評審的推薦名額，參加全國大賽。社員們說今年也要讓大家一起打進全國大賽，正在集思廣益想拿下最佳設計獎…………久留美不要這樣。因為久留美無論如何都想製作在比賽奪冠的機器人。」

「做出設計優良又能在比賽奪冠的機器人不就好了？」

「很難兼顧。因為要是注重性能，多餘的裝飾會礙事。久留美這年也學會更多程式語言，所以想嘗試使用C＋＋或Java的可能性……」

「居然會寫C＋＋，好厲害。我們年紀差不多，但我好尊敬妳。」

「是嗎？真開心。」

她說的C＋＋與Java叫做「物件導向程式語言」，非常難學。連專業用語都能應對，看來我的預習成果不錯。

「就算得到最佳設計獎，也不一定能參加全國大賽。畢竟能不能獲得推薦端看評審喜好。不過拿到冠軍就一定能進全國大賽。雖然去年在第一輪就淘汰，但我今年想在國技館戰鬥。」

她一邊說，一邊目不轉睛看著身旁的機器人。

「那是？」

「今年參賽用，請機械組試作的機器人。雖然還在實驗階段，不過足以測試自己寫的程式是否能好好控制。現在只有久留美擅自這麼做，不過順利的話或許也能得到大家的認同。各校可以報名兩隊參賽，只要再兩人願意幫我就好了。」

日本人喜歡辛苦努力的人。要是看到這樣的美少女全神貫注努力的樣子更不用說，當然不可能不為她加油。至今我以為高專女生應該都是讓男生們以熱臉貼冷屁股捧上天，我好想臭罵抱持這種偏見的自己。

「只不過，今年的主題滿難的，傷腦筋。」

她視線落在褐色的泳池。

「今年是水上競賽。好像是首度嘗試，公布題目的時候，大家都不知所措。至今從來沒想過要在國技館設置水池，所以感覺很奇妙。」

「用這座髒髒的泳池，感覺很辛苦。」

「嗯，老實說，問題多多。」

看著久留美為難的表情，我想到一個妙計。

「要不要在我學校申請使用泳池看看？」

久留美張大眼睛與嘴巴停止約四秒，然後就這麼睜著眼睛大幅點頭。這麼一來，我就可以再度和久留美見面了。

「我回來了。」

「由宇，妳又這麼晚回家，去了哪裡？」

「留在學校唸書。喔，今天是高麗菜捲耶。」

我以愛吃的食物舉辦單人慶功宴的時候，手機亮了。

（今天怎麼樣？）

傳訊的是真司。

「成功和久留美好好聊了……傳送。」

（成功了啊！太好了！）

雖然是短短幾個字，不過驚嘆號浮現真司開心的表情。

「由宇，不要一邊吃飯一邊滑手機。」

「ＯＫ～～我吃飽了。」

我躺在沙發，思考要怎麼回覆真司。

——為什麼對我這麼親切？

這個問題很沉重吧。最後我沒送出訊息就關掉手機螢幕。

洗完澡，久留美傳訊息給我。句號替換成非預設字體的可愛顏文字或是兔子與愛心排列的圖片，看來這個人果然知道自己的強項。內文是希望我確定哪天能使用泳池就告訴她。我回覆「交給我吧！」然後擬定從游泳社搶走泳池的計畫。完全忘記寫的作業，就等明天早上再說吧。

Ch.3

東方之星　～想閃亮的女孩～

＊　1　＊

原本只是想和大河久留美打好交情，最後卻讓西特庫諾高專拿下亞軍。

使用的泳池居然是在華鳥家的庭院，不過是我引介華鳥與久留美認識的。

「並肩作戰的B組大家，以及大方接納我這兩個月擅自行動的各位社員，真的謝謝你們。多虧各方協助才獲得這樣的結果。明年我會以冠軍為目標努力。」

這是幾天前高專機器人大賽結束之後，久留美含淚對機器人研究會成員們說的話。

我和華鳥在不遠處看著她。頒獎前就雙眼噙淚的大小姐，聽完這段話之後像是決堤般掉下淚水，以白色蕾絲手帕擦臉。華鳥的一舉一動都像舞臺上演戲的女主角，這是她的缺點。

果然是因為今年的課題和往年方向不同吧，奪冠呼聲高的學校接連敗退。久留美在大賽結束後的媒體訪問表示「用來練習的水池設備環境是最大的勝因」，這句話應該不是說給我們心安的。西特庫諾高專之所以能連勝晉級決賽，正是因為有人提供水池當後盾。

機器人大賽對於久留美來說是使命，對我來說卻只是工具。機器人大賽是接著劑。雖然花費不少時間與勞力，但多虧如此，東西南三人以不下強力膠的黏著力結合。好啦，「北」該從何找起？

＊２＊

「久留美小姐，我看到昨天的報導了。與其說是機器人大賽，不如說已經是妳的特輯吧？」

「…………」

「怎麼了？一臉悶悶不樂的樣子。」

「在學校，好累。」

我想也是。我喝著巴西莓果昔默默觀察她的時候，華鳥將視線投向我。

「東小姐也看了吧？」

「當然。感覺好懷念。」

全國大賽結束至今一個月，全國電視臺終於在昨天播放比賽過程。從獲得亞軍的結果，我就確信久留美會上電視，卻沒想到那麼受到注目。

「久留美不擅長溝通，所以那麼多人前來搭話，久留美也很為難。」

「這就代表有這麼多人看見妳喔。平常不開電視的我都看見了。」

華鳥動不動就以自己的基準說話，我對此已經習慣。機器人大賽結束之後，我每週也會召集南與西一次，只有將據點從泳池轉移到購物中心的美食區。

「下週要接受ＮＨＫ的採訪。」

「哎呀，這不是很棒嗎？我會好好錄下來。」

——採訪？

「久留美，可以讓我們也上鏡頭嗎？」

「東小姐，妳說這什麼話？完全和我們無關吧？」

「妳想想，就以朋友身分入鏡啊！」
「這種事不可能啦。久留美小姐，妳說對吧？」
「有點難吧～～」
久留美瞇細雙眼噘嘴。看來這次是對整個機器人研究會的貼身採訪。一般都是找冠軍學校，但這次一定是基於久留美效應。
「啊！」
「東小姐，怎麼了？」
不經意看向時鐘，已經下午六點了。距離約定的時間剩下三十分鐘。
「抱歉，我該走了。」
「哎呀，有什麼事嗎？」
「家人拜託我看家。」
我左手拿著還有半杯的巴西莓果昔，右手開啟Google地圖。說謊也應該說得高明一點吧……我一邊反省，一邊前往下一個場所。
「咖啡廳ＢＯＮ」。
門上掛著小小的招牌。看來是這裡沒錯。唯一的小窗子拉上蕾絲窗簾，所以無法確認內部的樣子。乍看是一間讓人卻步的店。

「歡迎光臨。」

慢慢推開店門之後，白髮店長前來迎接。

「晚安。」

我在最深處的四人桌找到他。他傲慢地喝著冰咖啡等我。

「久等了。」

「不會不會。」

真司尷尬地笑了。我向端水過來的店長點了柳橙汁，坐在真司前面。

「這間店真不錯。」

「太好了。我是這裡的常客。」

店內除了我們沒有其他客人。橘色液體的玻璃杯很快就端上桌，看來不是現榨的。

「久留美直到剛才都和我在這裡喔。」

「她知道我會來嗎？」

「當然沒說。」

「這樣啊。」

機器人大賽當天，我看到真司來為久留美加油。看他脖子掛著一臺很講究的相機，我忍不住過去打聲招呼。
——記得我嗎？
「哎呀～～我在國技館那時候嚇了一跳。沒想到會再見到妳。」
「你明明是幽靈社員，看起來卻挺忙的。」
「今年的比賽特別手忙腳亂。啊，我拿妳要的相機來了。」
我接過沉重的單眼相機，立刻確認檔案……照片太完美了。不愧是又大又重的鏡頭。數量高達數百張，特寫也很多，這樣應該沒問題吧。
「那個，東小姐。妳那時候為什麼要我盡量多拍久留美的照片？」
「這些照片，麻煩全部給我。」
「這又是為什麼？」
「別問啦！」
真司在苦惱。這也在所難免，因為我完全沒說明。
「必須說出妳想要照片的理由，否則我也不能一口答應。」
「…………」
他不會笑我嗎？不會把我當傻瓜嗎？會反而當我的共犯嗎？總之什麼都好，我非得講個理由才行，但我不擅長說謊。

「難道說……妳喜歡女生？」

「啊？」

「沒有啦，我認為完全ＯＫ喔。畢竟久留美很可愛。」

「不對不對！不是那樣……那個……不會笑我嗎？」

「不會笑。我保證。」

「……其實……我想從城州的東西南北各找一人組成偶像團體。」

我說出這個賭上人生的計畫之後，他眉角下垂，露出像是在笑又像是為難的表情。

「我明明鼓足勇氣說出來了，你那是什麼表情？」

「沒有啦，總覺得莫名可以接受。」

「不會吧？沒嚇到？」

「嗯。因為自從第一次見面，我就覺得妳看起來怪怪的。」

我不想聽熱愛制服的四眼田雞講這種話，但這時暫且忍住。

「所以，久留美是西方代表？」

「對。老實說，我想搭久留美人氣的順風車。所以想要你拍的那些照片。」

「給妳之後，妳想怎麼做？」

「讓照片在網路傳開。」

久留美已經在特定族群打響名號，但是必須更出名。久留美聰明又會製作機器人，但她的魅力不只如此。小花朵朵開的笑容，想讓人緊抱的哀愁表情，久留美擁有改變周圍氣氛的能力。我覺得這種天分直接連結到偶像。

「若是發生奇蹟，或許只要一張照片就能成為偶像。」

真司默默點頭。

「昨天的機器人大賽特輯，久留美也完全被當成女主角。她好厲害。連毫不相關的我們學校都一直在聊這個話題。但我不希望昨天就是久留美的巔峰。不希望她只是在節目播放的時候受到注目，機器人大賽始終是讓大家認識她的契機之一。參考資料愈多，愈能將她的可愛傳達給大家。所以要讓更多人看見這些照片注意到她……」

我驚覺的時候已經太遲了。我沒察覺把他晾在一旁，自顧自地說了一長串。

「對不起。」

為了平復心情，我一口氣喝光柳橙汁，調整呼吸。

「妳這個人真有趣。」

「聽到這種話，我可不會高興。」

「久留美這部分我懂了。不過，刻意從東西南北找人有什麼意義？」

「我每次看見可愛的女生，就覺得她要是成為偶像該有多好。不過肯定是沒有契機吧。所以我要幫忙打造契機。包括久留美以及我在南方找到的華鳥都很可愛，但是只要她們自己沒意願，就沒辦法成為偶像吧？這樣太可惜了。其實我甚至想要每間學校都跑一遍，但我還要上學，時間有限。既然這樣就先精挑細選四間學校……喂，你在聽嗎？」

真司開始滑他放在桌上的手機。雖然他溫柔聽我說了一陣子，但或許其實早就傻眼了。

「妳看這個。」

他突然將手機畫面朝向我。

「這是什麼圖？」

「去特卡波湖那時候的照片。」

「咦，難道是你自己拍的？」

「嗯。國中拍的。」

這是如詩如畫的幻想光景。我滿腦子以為這是在網路撿到的圖，沒想過特卡波湖在哪裡。滿天星斗圍繞著石砌教堂。這種景色居然存在於現實世界。即使存在，外行人也難以拍下這麼美麗的照片。

「我原本就喜歡星星，不過用相機拍星星很難。我練著練著，回過神來就迷上了。」

「好漂亮。」

「如果妳今後還要拍照，也讓我幫忙吧。」

這是我第二次看見真司的這雙眼神。無聲的世界再度擴展開來。當我回神，真司已經喝完咖啡了。

「東小姐，我可以續杯嗎？」

「你要喝的話，我也要。」

「太好了。」

真司將復古的服務鈴按響，店長從深處廚房探頭。

「請再給我們咖啡與柳橙汁各一杯。」

「好的。」

店長寫都沒寫就再度回到廚房。

「女生待這麼晚沒問題嗎？」

「沒關係，因為我喜歡這間店。相對的，回去要立刻給我照片喔。」

「知道了。好啦，繼續聊吧。」

某天，我看見自己鞋櫃裡的室內鞋之後就回家了。不是因為有人放圖釘或是塗鴉，是因為我無論如何都沒辦法換穿那雙鞋。

從那天開始，我暫時去不了學校。我並不討厭唸書，所以知道「馬場屋」的時候很開心。名為馬場的福泰女性包容了我的一切。這是小學五年級的事。

接下來的兩年，我都在馬場屋努力。由於我無論如何都不想和大家上同一所國中，所以報考當地唯一的國高中直升學校。原本擔心小學的出席天數會影響評等，幸好順利合格了。這裡是新的起點，我將重新出發，告別馬場屋，而且決定趁這個時間點重整我自卑的容貌。父母也准我這麼做，可見我原本長得多醜。「在普通學校沒辦法連內心都給別人看，所以要堅強喔。」母親當時對我這麼說。我已經不是以前的我。我抱持自信點頭回應。

但是經過半年左右，我再度前往馬場屋。我無論如何都需要一所心理學校。為了避免造成父母的困擾，我過著白天上學，放學之後直奔馬場屋的生活。去學校的時候將內心放空，因而不會像以前那麼受傷。

馬場屋的開放空間擺著好幾個大書櫃，收藏上千本書。我喜歡在這裡不受任何干擾專心讀書。今天我也拿起一本書，解放我的心。

壞心眼的鄰居，暴力的單親家庭，染上毒癮的好友……相較於書中這些角色圍繞的生活，我所在的這個世界宜居得多。住我家隔壁的老夫妻待人親切，父母也總是關心我。至於好友——說起來根本沒有。願意把我當朋友的那個人，早就消失到很遠的地方了。

看完最後一頁，時鐘顯示時間是晚上九點。

「不好意思，待到這麼晚。」

「沒關係。想在這裡待多久儘管待。」

馬場阿姨肉肉的臉放鬆地笑了。這麼溫柔的人就在身旁，光是這樣就夠了。

「要怎麼回去？」

「有人會來接我。」

「這樣啊，那就好。路上小心喔。」

繫上安全帶之後，稱不上漂亮的汽車緩緩起步。

「美嘉，我說啊……」

「嗯。」

「適可而止比較好。這樣下去，妳永遠都離不開馬場屋喔。」

「嗯。」

「妳好好考慮過將來嗎？」

「嗯。」

「這樣下去沒問題嗎？每天過得快樂嗎？」

「嗯。」

——並不快樂。一直在看不見前方的黑暗隧道前進的人生。天生討人厭的我，再怎麼努力都註定受到憎恨。

「美嘉，我……很擔心妳。我會盡力而為……所以妳儘管說吧。像是妳想做什麼，想成為什麼樣的人……」

「大河久留美。」

「咦？」

「我想成為大河久留美。」

城州的人都認識她。可愛又聰明的當紅人物。我一直在想，只要模仿她，自己或許也能更接近她，或許能踏上輝煌的人生。

我想見大河久留美。

＊3＊

「新年快樂～～！」

雖然開頭這麼說，但今天距離元旦已經過了七天。跨年這幾天，三人終究都把時間分配給家人。還以為過完年第一次見面的地點照例是購物中心美食區，但華鳥央求說想去電器行買電腦。華鳥大小姐平常就不缺錢，不過壓歲錢好像拿了幾十萬圓。城州地區愈往北方愈繁榮，所以要去大型家電量販店只能往北走。

「離車站近一點比較好吧？」

「東小姐真的很能幹。好可靠。」

華鳥總是依賴他人的習慣進入新年度也沒變，但是聽她這麼稱讚，我也挺開心的。

我們抵達主打「新產品最便宜」的電器行，前往四樓的電腦賣場。在兩側都是鏡子的電扶梯看得見各人的本性，很有趣。包括不曾研究服裝打扮的久留美，甚至是平常總是落落大方的華鳥，都瞥向兩側鏡子確認自己的儀容，而且全部看在我的眼裡。我認為這裡是人類大多暗藏的自戀心態得以解放的極少數地點。我發誓自己是少數派，臉部固定看向正前方。

「這個可以給我一臺嗎？」

具備豐富功能的筆電約十五萬圓。華鳥能熟練使用嗎？我早就看出她是受到久留美的影響才想要電腦，卻也輕易能想像她買回家無法活用的樣子。華鳥抱著大大的紙袋，露出相當滿足的笑容。既然有錢，請店家寄回家不就好了？但她提出「感受著這份重量抱回家才彌足珍貴喔」這種庶民無法理解的主張。

「那個，久留美也想去一個地方～」

「好啊。哪裡？」

「書店。想買朋友的生日禮物。」

「啊啊，記得附近就有一間很大的書局。」

「有小東就不會迷路耶。」

走在最前面的固定是我。擅長撒嬌的幼虎一隻隻跟在我身後。

「等一下，可以再走慢一點嗎？」

「南小姐，東西那麼重，妳今天可以先回去喔～」

「真冷漠。我也要一起去。」

一抵達書店，久留美就小跑步前往店內深處。我晃到入口附近的新刊書架一看，認識的作家只有村上春樹。而且我沒看過他的作品，只是聽過這個名字，使我察覺自己多麼和閱讀無緣。穿西裝的中年男性並肩站在以池上彰或安倍晉三為封面的政治書籍前面看書。我視若無睹經過行銷與園藝類別的書架，不經意停在自我啟發書籍的專區。

《成功人士的九大祕訣》。

感覺這種書名挺常見的，不過好像是銷量破三十萬本的暢銷書。我拿起來翻兩三頁就闔上，放回平鋪書塔的最上層。首先映入眼簾的「別再按照預定計畫行事」實在無法得到我的共鳴。說起來，毫無計畫活到現在的人能出書嗎？這個疑問席捲我的內心。

「小東，小東。」

抱著袋子的久留美，整個人往我肩膀貼過來。看來她順利買好禮物，但是樣子怪怪的。

「怎麼了？」

「妳看那個女生。超可愛。」

久留美鮮少稱讚別人的容貌。她有時候看見動物或二次元美少女角色的圖片會這麼說，卻是第一次在街上說這種話。

「……確實。」

從這邊的角度只看得到側臉，但是眼睛特別大，鼻梁也挺，卻不會特別異於常人，感覺是大眾都喜歡的臉蛋。不過大概是化妝的關係，或是因為那頭長髮異常豔麗，醞釀出南、西兩人沒有的魅力。

「雖然可愛，不過感覺很愛玩。」

我彎腰向個頭嬌小的久留美輕聲這麼說。那個女生的無名指該不會戴著情侶戒吧？我抱持悲觀的心態往她手邊看去，注意到她正在閱讀的書本標題。

——我感到意外。乍看是萬人迷，洋溢粉紅泡泡的她，居然在看《不為愛情而活的年輕人們》這種書。我直到剛才的想法一口氣被改寫。

我們兩人目不轉睛一直看，站著看書的那名少女很快就察覺這邊的視線。我連忙轉過頭去，卻只在一瞬間和她四目相對。大概會引她起疑吧。我隨便從書架拿起一本書假裝閱讀，偷偷觀察她的臉色。此時，少女的嘴角動了。

「小東？」

大大的雙眼注視著我。

「果然是小東對吧？」

「呃，那個……」

「記得我嗎？龜井美嘉。我們小學同班。」

「龜井……同學。」

——我聽過這個名字。但是我記憶裡的龜井美嘉，和眼前的她完全對不上。

Ch.4
北方之星　～做善事的女孩～

＊ 1 ＊

我一邊以蛤蜊味噌湯攝取鳥胺酸，一邊看向電視畫面確認今天的星座運勢。一如往常平凡無奇的早晨就此開始。差不多該出門了。我摘掉草莓的蒂頭，塞兩顆到嘴裡，踩破通學路上冰凍的水塘上學。貼在肚子與背部的暖暖包，總是不會在我抵達學校前溫暖我。

踏入開暖氣的教室，我在微溫的空氣感覺到些許不對勁。但是我一直面不改色，筆直走向位於後方的自己座位。和鄰近的同學們輕聲打招呼，坐下來將書包裡的東西收進抽屜時，講桌附近進行的對話傳入耳中。萬事通亞子的脫口秀今天也在上演。

「所以，繼續說剛才那件事吧！想說她莫名比平常早回家，聽說是跟別校女生混在一起。」
「哎～～畢竟她沒參加社團。可是為什麼？妳看見了？」
「沒有。昨天西特庫諾的男生告訴我的。國中的老同學。」
「西特庫諾……是大河久留美唸的那間嗎？」
「對對對，就是那個女生跟東同學走得很近。」
「是喔～～」
「然後，有另一個搶眼的……」
——叮咚噹咚。
預備鈴聲打斷對話，亞子集團各自回到座位。我不禁想像二十年後的她們，人生價值是聚集在國宅附近的公園閒話家常，時間到了就會說「這麼晚了，我得回家做晚飯」這種話。
我可沒遲鈍到沒察覺她們在說我。負責附和的一人動不動就觀察我的表情有夠煩的。我無法判斷她們是故意用我聽得到的音量，還是自以為這樣夠小聲，無論如何，亞子肯定會在今天將情報傳遍全年級的女生。我已經有所覺悟，卻唯獨不希望被傳得太難聽。入學至今九個月，我自認至今的表現至少不會惹人嫌。不只是忍著沒參加演講比賽，籃球社隊長向我表白的時候，我也鄭重拒絕。

只費心打理好自己的外表，對話僅止於不冷漠的程度，像這樣維持體面低調到現在。多虧這份努力，我入學至今從來沒人惡意隱藏我的私人物品，或是在我的書桌寫下低俗的字句。在高中的人際關係還算良好。

午休我決定去隔壁班看看。要進入不熟的教室有點困難，而且她的座位偏偏靠窗。她正在筆記本寫字，大概是要交的作業吧。我不忍心妨礙她寫作業，但她獨自一人正合我意。

我繞到她身後輕戳她肩膀，她握筆的手隨即停止動作。她轉頭一認出我就咧嘴笑，整個人轉過來。

「喔～～東東，怎麼了？」

「小光，抱歉突然來找妳。我想問妳一些事。」

「咦？問我？真稀奇！」

我知道她雖然語氣粗魯，內心卻挺善良的。我和「小光」從幼兒園時期就認識，國中也同校。雖然不是玩在一起的好交情，但這單純是境遇不同。她從以前就和男生一起踢足球或打棒球。小麥色肌膚與短髮的容貌，在成為高中生的現在依然沒變。最近我經常看到她和壘球社的同伴共同行動。

「妳還是一樣擁有一頭烏黑亮麗的秀髮。還在染？」

「當然。」

「不愧是東東，始終如一耶。居然故意染成黑髮，妳果然是怪胎。」

「因為我頭髮天生偏褐色啊。」

我的頭髮從以前就缺乏黑色素，一直是我自卑的要素。我嚮往的偶像總是維持一頭美麗的黑髮。直到不久之前留的鮑伯頭，也是她給我的啟發。

「所以是什麼事？」

「記得龜井美嘉嗎？小學時期同年級的那個女生。」

「啊啊，確實有。我好幾次和她同班。」

「是感覺文靜又樸素的女生對吧？」

「嗯，不起眼的妹子。不過我對她的印象僅止於不討人喜歡。記得全年級只有她考國中。」

「原來如此。」

「啊，對喔，東東應該不知道……」

她搔了搔短髮腦袋，俐落揚起單邊眉角看我。考國中……我不知道當時城州的狀況。

「所以，龜井美嘉怎麼了？」

「我突然想起她，不知為何在意起來。」

「這是怎樣？」

小光再度張大嘴對我笑。沒化妝也沒戴彩色隱形眼鏡的她，毫不矯飾的外表與內在是她的迷人之處。晒黑的肌膚襯托潔白的牙齒醞釀清潔感。我從以前就暗自覺得她很像諧星「夏天二人組」的三村。

「妳正在寫的那個是要交的作業？」

「沒錯。今天之內交出去，好像就不用補考，所以我得在社團活動結束前寫完。有夠煩的。」

運動社團過著忙碌的校園生活。上課時間拿來睡覺，致力於早晨與放學後練習的柔道社；為了避免顧問老師生氣，求學態度、成績等各方面都必須是好學生的棒球社。如果是能將實力培養到靠運動成績保送進大學的環境就算了，但本校所有社團都沒強到能留下耀眼結果。那他們為什麼熱情投入到那種程度？升上大學，畢業出社會之後，還有多少人能持之以恆？我難以理解。

「這樣啊，抱歉打擾妳了，謝謝。加油喔。」

「嗯，妳也是。改天再教我英語吧。」

＊ 2 ＊

「東同學，今天要去哪裡？」放學後，亞子集團的其中一人特地這麼問我。因為下雨，所以我要直接回家，但我沒義務對她說實話，所以說出「我要去探視奶奶」這個不方便深究的回應。實際上我奶奶充滿活力，現在肯定在看傍晚重播的連續劇吧。

我一回家就窩進自己房間，再度思考關於龜井美嘉的事。前幾天在書店看見的她，果然和以前的她搭不上邊。但是很難認定是別人假扮成她。隨著成長變漂亮也是有極限的吧。

某些美妝產品可以做出人工雙眼皮。像是將眼皮黏貼起來的雙眼皮膠，或是在眼皮貼上膠條形成雙眼皮。相較於成品不太自然的雙眼皮膠，使用膠條比較不突兀又易於適應，但兩者都有沾到水或汗水就容易脫落的缺點。我看過好幾個同學上完游泳課之後的慘狀。

另一方面，雙眼皮的整形手術門檻逐年下降。尤其縫式手術因為價格以及外傷較少而受到歡迎，失敗風險也比割式手術小，還宣稱是免動刀的「微整形」，打造出更簡便的形象。不過整形始終是由醫師進行的手術，不會完全沒有外傷。雙眼皮經過三個月以上應該會變得自然，但在手術後的一兩個月，摺線會深得很奇怪。往下看的時候特別容易看得出來，如果有好幾個能讓小指指甲插進去的凹洞，就是動過刀的證據。

雖然前面講得這麼詳細，但我的眼睛得天獨厚。我只是經常去看美容外科的網站、部落格或ＩＧ。我寫出這麼一大串雜學想表達的只有一件事——美嘉的臉完全是「做」出來的。

剛才去問小光也始終是「確認」，其實我正面看見美嘉的時候，就已經感覺到加工的氣息。鼻子隆過，應該是L型矽膠隆鼻，眼皮縫成雙眼皮，也動刀開了眼角。

我接受她容貌的變化，以此為前提思考龜井美嘉這個人。回溯記憶尋找和她之間的往事。記得小學一年級到三年級有一次和她同班，卻想不起來是哪位班導的時期。座位曾經在她旁邊嗎？她被取過綽號嗎……想著想著，我察覺別說自己和美嘉的記憶，連小學時代的往事都不太想得起來。每年都舉辦的郊遊地點記得很模糊，運動會的時候自己在哪一組，後來是哪一組獲勝，我都完全不記得。低年級時的自己，連自我都還沒好好覺醒，就只是隸屬於學校這個組織。但也可能或多或少懷抱過「寫作業好麻煩」、「當值日生好緊張」這種小學生會有的煩惱。想到這裡，就覺得我現在身為高中生內心的苦惱，十年後也會變得微不足道，使我悶悶不樂。

「改天再好好一起吃頓飯吧。」

這是女生經常使用的場面話。我在書店對美嘉這麼說完，她問我ＬＩＮＥ的帳號。我沒什麼理由拒絕就告訴她了，她至今也從來沒傳訊息給我。

令我苦惱的是她就讀北高，確實，依照當初的計畫，北方的有利候補是「城州北高中」的學生。正是龜井美嘉就讀的學校。不過可以在這裡輕易將美嘉列為北方代表嗎？

老實說，因為將時間花費在久留美的機器人大賽，東西南三方的關係逐漸穩固。現狀很難再加一人。

我趴在書桌任憑思緒遊走的時候，手機忽然震動。如果是美嘉傳訊息給我也太巧了。

（今天，我和龜井一起喝茶喔～～因為在車站巧遇。）

傳訊的是久留美。美嘉和……久留美？

（我們明天約好去吃鬆餅，妳要不要一起來？）

「哇，東小姐也對機器人之類的感興趣啊。」

「嗯。她說周遭沒有興趣相同的人，所以特地跑來西特庫諾。後來還陪久留美一起練習機器人大賽，我們就成為好朋友了。」

「……好羨慕。」

「很奇怪的邂逅對吧～～明明第一次見面，卻說要進行自我介紹，講了一長串的英文。」

「因為她在加拿大住過。」

「對對對！她偶爾會聊加拿大的往事喔。像是園藝師優秀所以市容很漂亮，漢堡超好吃之類的。」

「妳好清楚耶。」

「因為相處半年多了啊。記得妳和她是小學同學？」

「是的。但那是低年級的事，東小姐應該不記得了……」

「絕對記得喔～～久留美隨口說的話語，她都清楚記得到噁心的程度。啊，電車快來了。妳要往哪個方向？」

「我搭上行電車。」

「跟久留美相反耶。那就先道別了，謝謝妳找久留美聊天～～」

「那……那個，妳明天有空嗎？」

「明天？」

「是的。最近開了一間好吃的鬆餅店，可以的話想和妳一起去。」

「久留美超愛鬆餅～～」

「聽說非常好吃喔。啊，對了，方便的話，也請邀東小姐一起來。」

＊　３　＊

和東京不一樣，不會大排長龍。從北站徒步約十五分鐘的這間店，說不定是全國連鎖店，但是美味到恐怖。並不是鮮奶油堆得跟山一樣高，也不是使用了瑞可塔起司，不過滿口都是單純的奶油與楓糖香。明明這麼好吃，店內卻很空，這都是地點的問題，如果這間店開在原宿，肯定成為要排三小時的熱門店家。

「小東很愛吃甜食對吧？」

久留美笑著這麼說，享用配料的草莓。

「久留美，妳也很愛吧？」

相隔數週放上舌尖的這玩意果然好吃，不枉費我一大早就節制不吃甜的。咬下第一口，想要的糖分就緩緩在體內循環，帶來熱量。這種感覺近似下雪日泡入露天溫泉的瞬間。和久留美與美嘉共三人來到這裡，感覺華鳥知道之後會生氣，不過晚點和久留美串供就好。

「久留美小姐、小東，抱歉突然找妳們來。其實我這麼做是有原因的……」

原來鬆餅是美嘉邀的。我一直以為是久留美，所以修正自己的觀點。

「我想打個商量，應該說是請求……」

這句開場令我有不祥的預感。即使是早就認識的朋友，依照狀況還是得斷然拒絕。如果是借錢或扯上宗教就立刻斷絕往來吧。

「兩位對於志工活動有沒有興趣？」

「啊？志工？」

「想請妳們教國中生唸書。小東的話，只要教英語就好。」

「……」

關於這方面應該做得到，但是內心的某個我無法立刻答應。說起來，美嘉就讀的高中偏差值比東高高了十五分，國中英語以她的學力應該不難教。

「教師是志工活動的一環嗎？」

「是的。基於某些原因無法上學，或是因為經濟與家庭環境無法上補習班的孩子們，有一個團體會義務教他們唸書。」

「是喔。」

「也會舉辦集訓或露營之類的活動，很好玩，最重要的是孩子們很可愛。不過年紀沒差多少就是了。」

看著她突然神采奕奕地說明，一種神奇的情感襲擊我。面前的她在進行志工活動，這個事實正引起某種化學變化。乍看花枝招展，感覺假日會去唱歌或打保齡球，周旋在各種男生之間的女高中生，卻將時間用在行善。在動畫等非現實世界尋求快樂的固定族群，經常排斥看起來很享受現實生活的女生。不過這種女生要是加入一點點意外性就會完成「萌」的要素。假日進行志工活動的亮眼女孩，感覺會出現在美少女遊戲，但如果有這種角色，玩家或許會喊出「也免費為我服務吧～～！」這種不可能成真的願望。

適合成為最後一人的人物就在眼前。北方美少女主動接近我了。

「雖然不知道能不能順利，但我試試看吧。」

「真的嗎?謝謝!」

美嘉拉起我的手。感覺可以利用這項志工活動，自然和「北」拉近距離。

「久留美英語不好，所以小東加油吧～～」

「姊姊我寫好了。妳看。」

「我看看。啊～～可惜，字母拼錯了。但我可以理解你想寫成羅馬拼音。」

我點出錯誤之後，面前的男孩立刻握起橡皮擦。我看著他重寫的「welukamu」這個字，意識回溯到過去。

＊ 4 ＊

和日本時差約十七小時的遠方土地加拿大，某個省的首府名為維多利亞。小學四年級到國中二年級約五年期間，我們全家都住在這裡。

那是一座美麗的城市。如今我猜得到母親當時反對父親單身赴任，是因為她自己也想去。市區各處擺放的風雅花草都是由園藝師維護，馬車和車輛在道路並肩前進。建築物都很壯麗，像是每晚舉辦舞會的時尚英式設計。原來現實也存在著像是迪士尼主題樂園的城市——小學四年級的我對加拿大深感佩服。

環繞內港萬豪酒店的市中心洋溢活力，卻隱約殘留平穩高尚的氣息，是維多利亞最美麗的區域。沿海步道旁開了許多專賣店。一間外型完全是檸檬的飲料店特別搶眼。真實程度會讓上空盤旋的飛機機師誤以為水泥地擺了一顆特大檸檬。大概是被可愛的外觀吸引，顧客們在店門口大排長龍。年幼的我也拉著母親的衣袖央求過去看看，母親一口答應。這天是第一次造訪維多利亞的特別日子。我們一起排隊，等待的時間以期待感填補。終於輪到前面客人點餐的這時候，母親露出充滿玩心的笑容，朝我的耳朵說出拷問般的話語。

「妳自己跟老闆點餐吧。」

我拚命搖頭，但狀況沒改變。

「至少知道『請』的英語怎麼說吧？好啦，加油吧。」

母親從後方用力推了我一把，我無法後退。白鬍子的老店員發現嬌小的我，從櫃檯探頭和我四目相對。

「Lemoneido, pulisu.」

「sorry.」

老人好像重聽沒聽到。我轉身向母親求助，自己身後的長長人龍映入眼簾。不能花太多時間。年幼的我握緊拳頭。

「Lemoneido, pulisu.」

這次我拉開嗓門方便對方聆聽，而且確實提醒自己像是和如今已故的曾祖父講話般，一字字慢慢說出口。

「sorry.」

店員露出明顯厭惡的表情，冷淡搖了搖手，只以手勢表示「滾遠一點」。我和母親像是遭到除名般被催促離開隊列，店員開始為排在我們後面的客人點餐。

不知道正統英文腔與日式英文腔差異的我，當時承受難以形容的心理折磨。以年輕人的用語來說就是「病了」。一邊道歉一邊拉著我的手的母親聲音像是來自遙遠的地方，一坐在附近的長椅，我的淚水就停不下來。

——這是天大的屈辱。我不介意以片假名標示外來語，不過真希望變換的時候能夠適當一點。年幼的我因為這樣而受到屈辱。那段經驗成為心理創傷，後來每次看見英文單字都會降臨在我心裡。要是外來語都完全依照英語發音標記為片假名，我就不必留下那種回憶了。正在我面前將鉛筆夾在嘴巴與鼻子中間的這個小朋友，我也得找機會告訴他這一點，以免他重蹈覆轍。

「差不多該結束了喔。」

房門開啟，這間屋子的主人——馬場阿姨進入房間。男孩立刻闔上課本，將自動鉛筆扔進筆盒。

「好累喔～～」

如此大喊伸懶腰的國一男生，大腦應該沒運作到會累的程度吧。因為今天使用的內容是小學等級的難度。

「辛苦了。你好努力喔。」

馬場阿姨說著輕摸孩子的頭。志工團體的領導者和我想像的一樣，在糖果與鞭子之中只準備了能吃的那一邊。

馬場阿姨要送孩子們到門外，所以我被留在這個陌生的房間。泛黃的暖氣設定為二十七度，對於將發熱衣穿在制服底下的我來說有點熱。沒窗戶約兩坪大的密室充滿二氧化碳，感覺在這裡深呼吸會傷肺。我瞪著放在自己正前方的空氣清淨機。再怎麼幫忙擊退花粉或 PM 2.5，它也無法過濾冬季室內特有的悶燥空氣。

馬場阿姨不到五分鐘就回來了。看她摩擦著雙手入內，外面好像很冷。

「讓妳久等了。」

「不，完全不會。」

「我去泡茶，到這裡等我一下。」

終於從簡陋的讀書房解脫之後，阿姨帶我到寬敞的客廳。這裡大概是當成公共空間吧，擺著一張看起來塞得下十個人的L型大沙發。

和剛才只並排桌椅的密室不同，感覺得到這裡對於裝潢的講究。房間一角擺著盆栽，還有些許精油香。牆邊擺放四個大書櫃，收藏許多書。

「感覺在這裡就能好好閱讀……」

馬場阿姨以托盤端茶壺過來，坐在我的正對面。

「東小妹也喜歡書？」

看來她聽到我的自言自語。

「啊，不……說來見笑，我很少看書。」

「這樣啊。我一直以為妳喜歡閱讀。」

芳香的大吉嶺紅茶注入茶杯。

「是美嘉小妹邀妳的吧？謝謝妳願意過來。」

「別這麼說，我過得很快樂。非常快樂。」

「那就好。喝杯紅茶放輕鬆吧。」

「感謝招待。」

高級茶葉的香氣撲鼻而來，令我再度想起維多利亞。原本是英國領地的維多利亞，喝下午茶的習慣深植於居民內心。

「那個，聽說馬場阿姨您……曾經是特教學校的老師。」

「沒錯沒錯。已經離職好一段時間了，不過以前做過一陣子。」

「您現在為什麼會從事這項活動？」

「…………」

「啊，總覺得很抱歉。如果不方便說的話完全……」

「呵呵。哈哈哈哈！」

馬場阿姨突然以奶油麵包般的手摀嘴笑出聲。

「您怎麼笑了？我說了什麼奇怪的事嗎？」

「沒有，不是的。對不起。只是……」

擅自笑完，擅自冷靜之後，馬場阿姨重新坐好。

「想說妳挺成熟的。像是在偵訊的語氣，我覺得很有趣。」

我就這麼歪著頭，馬場阿姨輕聲說「和我猜的一樣，是個優秀的孩子」。她該不會把我誤認為其他人吧？

「那個……恕我冒昧請問一下，剛才那個男生，跟得上學校的課程嗎？」

「他是一直待在特教班的孩子。」

「但我看不出他的身心有什麼障礙……」

「威廉氏症候群的孩子啊，說話非常流利。他的症狀是輕度，所以看起來也幾乎和正常人沒什麼兩樣。他母親決定以後不讓他上特教學校，而是去上公立國中，也說將來想讓他報考正常的高中。所以現在我這邊盡量提供協助。」

「……早知道剛才教得更溫柔一點。」

「有時候正常相處比較好喔。證據就是我剛才送他出去的時候，他說今天很快樂。」

「真的嗎？」

回想起來，我沒特別做什麼讓他快樂的事。這真的是那個小朋友說的嗎？還是馬場阿姨想讓我高興的謊言……我不想繼續懷疑。看到我不禁放鬆臉頰，馬場阿姨也露出相同表情。

「請問，方便借一下洗手間嗎？」

「請。從那扇門出去的左手邊。」

紅茶的利尿作用打斷了愉快的對話，但只有這是逼不得已的。

正要進洗手間的時候，我注意到貼在門上的公告。我先上廁所，洗完手走出來，再度站在門前。大概是發給整個團體的會報吧。標題是「夏季露營集訓」，大大的照片底下記載著活動紀錄。

約二十人在河岸拍的一張合照裡，也有龜井美嘉的身影。即使鏡頭拉遠，也感覺得到她的可愛首屈一指。不過看照片也覺得果然只有鼻子的高度不自然。我記下會報右下方的ＵＲＬ，回到馬場阿姨那裡。

「歡迎回來。」

「請問，貼在洗手間門上的那個……」

「啊！好奇嗎？對了，如果時間配合得上，希望妳務必參加！」

馬場阿姨半搶話地邀我。我感受到她的魄力，但是只要不是自宅警備員，奉獻寶貴的假日是一項需要勇氣的決定。

「我們下個月剛好有春季登山活動。」

「請問如果要參加，可以邀朋友一起嗎？」

「朋友？」

「只有我一個人的話會不安。」

「這樣啊……沒問題。改天我再補充細節說明。今天很晚了。家裡有人來接妳嗎？」

「啊，我搭電車回去，所以不必擔心。」

「路上小心喔。剛才出去的時候下雨了。」

沒帶傘的我，借了一把馬場屋裡的塑膠傘。

「下次來的時候一定會還。」

「沒關係啦，傘很多。東小妹，今後請多多關照我們喔。還有美嘉小妹。」

Ch.5
同位之星　～坐輪椅的女孩～

＊　1　＊

大概是睡眠不足，第五堂課我完全睡掉。下午的課原本就備受睡魔襲擊，音樂老師還讓我們看一部電影名作《樂來樂愛你》。多虧西洋電影的音樂舒適又引人入睡，我享受到REM睡眠，腦袋託福舒暢不已。電影內容當然不記得，不過我問醒著的同學，他們也說不知道，所以我沒有罪惡感。第六堂英語課發回期末考考卷，我看完分數之後放心了。既然連一個錯誤都找不到，我教國中生英語也不丟臉吧。

今天的時間要給真司。我來到上次的咖啡廳，他還不在裡面。我坐在深處的四人桌，點了蘋果汁，在真司赴約之前用手機打發時間。輸入在馬場屋記下的海報網頁，出現名為「歡笑小天使」的部落格。

「歡笑小天使」是馬場阿姨率領的志工團體名稱。昨晚我也上了這個網站，但是還沒將歷史紀錄捲到最底下，我就被睡魔襲擊了。

內容都和貼在馬場屋廁所的公報一樣。最新文章是上個月蕎麥麵製作體驗的活動紀錄，貼了一張社會人志工女性和唐氏症男生揉蕎麥麵團的照片。活動最後一定會拍一張「歡笑小天使」的大合照。龜井美嘉的身影當然也在其中。

——噹瑯。

掛在咖啡廳門上的鐘發出聲音。

「久等了。」

「嗯，等很久了。」

「抱歉抱歉。啊，一杯熱咖啡。」

真司向站在吧檯的店長點飲料之後，坐在我的正對面。

「真司，我問你，你在英國點咖啡會怎麼說？」

「問得真突然。總之就正常說『Coffee, please』吧。」

「不會說『co-hi』對吧？」

「當然啊，講片假名英語也不會通吧。」

「那你不覺得日本也應該把咖啡的片假名改成正確的發音嗎？這麼一來直接講也能通喔。」

「這是怎樣？」

真司一副拿我沒辦法的表情脫掉外套。駱駝色的格紋大衣要是掛在椅背應該會拖到地面。他沒有這麼掛，而是將長大衣整齊摺好，放在自己旁邊的空椅子。真司表現自己是「沉穩幹練的男性」，使我不悅。

「片假名也是日語喔。蘋果的漢字與片假名都是日語，這得看開點。去英語國家的時候，再以標準英語說『apple』就好。」

「……好無聊的回嘴。」

「我們再怎麼思考，如今才要改語言根本不可能吧？」

他面不改色雙手抱胸時，咖啡上桌了。「那麼，我要享用 coffee 了。」真司說完朝著我的臉舉起咖啡杯，喝一口就露出瞧不起人的笑容，改成翹起小指拿咖啡杯酸我。

「coffee 果然好喝耶，coffee。」他對我這麼說，所以我豎起中指罵他。我們這輩子果然只能和日式英語為伍嗎？

「這麼說來，久留美的照片，雖然擴散到某種程度，但是有極限。」

「你在講哪個時代的話題啊？我都已經採取其他行動了。」
「真過分。上次不是才說我是共犯嗎？」
真司幼稚嘛嘴。一點都不可愛的男生擺這張表情會扣分。
「我在書店遇見小學認識的女生，在她的介紹之下開始當志工。」
「志工？」
「你果然嚇到了。」
我拿「歡笑小天使」的部落格給真司看。
「這就是那個志工團體。然後，照片裡的這個女生是我朋友。」
我放大美嘉的身影指著她，真司隨即明顯變得笑嘻嘻的。看來美嘉的臉蛋果然任何人看都覺得漂亮。
「我決定最後一人是她。」
「也就是東西南北湊齊了？」
「嗯。我正在計畫讓所有人出現在這個『歡笑小天使』的部落格。」
「那我拍這張照片就好？」
「不，『歡笑小天使』好像有專屬攝影師，所以幫我傳開。」
「咦～～但我自信可以幫大家拍得更可愛耶……」

「這次不需要拍得可愛。只需要我們在當志工的證據。只要進行這種活動，不覺得看起來很像是好人嗎？」

「總覺得妳話中帶刺。」

「成為偶像之後，往事很快就會被挖出來。問你一個問題，到時候如果被挖出跟男生的合照，以及奉獻心力進行志工活動的照片，哪一種比較受歡迎？」

「這個問題真恐怖。」

真司立刻理解我的想法，再度笑嘻嘻地輕聲這麼說。我觀察他的臉，發現他換了眼鏡，從銀色橢圓框進化為黑色威靈頓框，但我沒有特別提及。

「意思是妳不只思考如何成為偶像，也確實在思考成為偶像之後的事？」

「嗯。所謂的自信過剩。」

「我不討厭喔。所謂的志工活動，具體來說是在做什麼？」

「教國中生英語。」

「是喔，妳英語很好？」

「因為父親工作的關係，我在加拿大住了五年。」

「咦！我不知道這個情報。」

這麼說來，我和真司單獨見面好幾次，卻幾乎不曾聊到彼此的過去。

「我們啊，老是在聊未來的事情對吧？」

「所以我才沒好好掌握妳的真面目嗎？」

「應該是因為我這女人沒那麼好捉摸吧。」

我並不是刻意迴避聊往事，只是因為至今我沒問也沒人問我，如此而已。我自以為很熟悉真司，卻察覺幾乎都是「肯定是這樣吧」的臆測，實際聽他親口說的只有他去過特卡波湖的往事。

「我從以前就想問……」

「嗯。」

「妳為什麼這麼想成為偶像？」

「第一次看見偶像的時候我在想，原來人是會閃閃發亮的。」

「……」

當時的感動，我至今也無法忘懷。住在加拿大的時候，親戚錄下許多日本的電視節目寄給我。這些影帶播放出那群人唱歌的身影——

「在那之後，我一直在尋找自己也能閃閃發亮的方法。對周遭的人說謊，隱藏這個想法。但我認為世上有許多像我這樣的人。大家懷抱說不出口的夢想或願望，每天為此思考，試著努力。和那些嘴裡說沒唸書卻考滿分的人一樣。」

「愈是愛講這種話的傢伙，眼圈總是愈黑。」

「不過這種人很帥。」

咖啡廳今天也只有兩名客人。笑聲響遍看起來隨時都會倒的這間店。瞬間的沉默降臨之後，我忽然開始覺得自己剛才是大發豪語，但應該太遲了。將真正的內心赤裸裸展露在他人面前，著實令我覺得不好意思。

「閃閃發亮的東西，為什麼那麼迷人呢？」

「不愧是愛好星星的真司，你真懂。」

可靠的自己人。感覺今後也會一直順利進行。我覺得這個時候的我過度自信。春季的腳步對我來說明明不是什麼好消息。

＊　2　＊

如何有意義地度過春假？我一直思考到天亮，最後沒得出答案就入睡。對照我意識中斷之前的記憶，我在床上躺了整整十三小時。覺得連假尊貴過頭的結果就是此等慘狀。我就這麼恍惚看著放在書桌的桌曆，八天後將體驗的失落感早早來襲。

這種糜爛的生活習慣，也只在這短短的猶豫期間能被原諒。春假今天開始。即將穿著睡衣結束連假第一天的我是人生輸家預備軍。

我慢吞吞起身，從桌面下方的抽屜，翻出入學典禮之後再也沒看過的課程大綱。新學期開始之前，我應該做些什麼？首先我想讓朦朧浮現的高二藍圖變得明確。

看向年度行事曆的頁面，我得知下個年度的自己必須上學二〇七天。雖然沒有競走大賽的文字，但取而代之的是「山林作業」這個充滿泥巴味的活動。文化祭、運動會、校外教學。確認各活動的時間之後，大致掌握了一整年的流程。在我眼中……所有活動都找不出價值。

——噗～～噗～～

床上傳來震動聲。今天也在我面對書桌的這時候。最近手機總是在我坐這張椅子的時候來電，已經成為我的魔咒。

（東小姐，明天要怎麼穿？）

傳訊息的是華鳥。即使我想回應，但我還沒決定明天的服裝。

馬場阿姨所率領志工團體的活動就在明天。數十名參加者一起推著坐輪椅的身障者登山，這好像是「歡笑小天使」春季的例行活動。我先前以手機拍下馬場屋發放的登山須知，傳送給華鳥與久留美。看向時鐘，短針指著六。明天必須早起，所以差不多該著手準備了。

＊３＊

我在集合時間的十五分鐘前抵達山麓附近的車站。優衣庫的防風外套為我保持適當的溫度。要是路上覺得熱，脫掉底下的上衣就好。

穿過驗票閘口，眼前是廣場，已經滿滿都是人。他們都是「歡笑小天使」的人嗎？我決定站在售票機旁邊等「南」與「西」抵達。她們兩人大多在指定時間將近的時候到。正如預料，久留美今天也是準時現身。

「小東，久等了。」

見面立刻映入眼簾的，是從她肩膀露出來，像是翅膀的物體。

「早安。妳背的東西真可愛。」

這個？久留美一個轉身，兩個白色的物體隨著她的動作彈跳。從後面看就知道是兔子臉造型的背包。臉部是裝東西的部分，但是大耳朵不具實用性。毛茸茸的表層感覺很怕水又容易髒，白色的荷蘭垂耳兔在回程的時候可能會損毀。不適合的不只是背包，服裝也完全忽視功能性。上半身是淡粉紅色的中性連帽上衣，下半身是海軍藍的貼身牛仔褲，她將以這身打扮挑戰登頂。牛仔褲彈性不好，感覺不方便行動，但總比穿裙子好吧。

「我在網路上一見鍾情就買了。因為很大，所以連筆電都裝得下喔～～」

「是喔，意外實用耶。」

「南小姐還沒到？」

「嗯。差不多要行前講習了。」

「那位大小姐還是一樣我行我素耶。啊，發現龜井～～」

沿著久留美手指的方向看得見龜井美嘉，高挺的鼻梁像是標記般閃亮。

「各位久等了。」

華鳥在預定時間十五分鐘後抵達。她連氣都沒喘一下大方登場，我與久留美都噘起嘴。

「真是的～～南小姐，想說妳終於來了，但妳怎麼穿這樣？」

The North Face的硬殼衣、五分褲、花俏的褲襪，甚至腳上也是mont-bell的登山鞋，全副武裝的華鳥一抵達就盡顯她對登山的熱情。

「哪有怎樣，不就是登山裝嗎？久留美小姐，妳該不會要穿這樣登山吧？」

「因為這是我最方便行動的衣服啊！」

「那妳穿學校的工作服過來不是比較好嗎？妳太小看登山了。」

但我記得華鳥說過她沒登山經驗。大概是為了這一天買齊整套裝備吧。
「明明準備得這麼用心，髮型一如往常沒問題嗎？」
「嗯，當然。這髮型不會擋到視線，反而是最合適的。」
「和登山女孩的服裝完全不搭就是了。」
「刻意跳脫原則才有品味喔。」
「南小姐、久留美。」
廣場中央是熟悉的福泰女性。馬場阿姨揮著黃色的小旗子。
「我想向某人打聲招呼，跟我來。」
關於馬場屋以及英語志工的事，我事先已經告訴她們。
「馬場阿姨。」
「哎呀，小東早。」
「早安。」
「早安。」
「您好。」
躲在我身後的兩人也探頭打招呼。
「這位是平常照顧我的馬場阿姨。」

「請多指教。我是西特庫諾高專二年級的大河久留美。」
「我是聖南特尼里塔斯女學院二年級的華鳥蘭子。非常期待今天的活動。」
春假進行自我介紹的時候，不知道該說自己是幾年級。久留美與華鳥從新學期開始都是三年級，不過大概是判斷春假結束之前都勉強算是二年級吧。
「我是馬場。我才要說，平常總是受到小東的照顧。大河小姐與華鳥小姐對吧，請多指教。」
「請多多指教。」
「小東……方便單獨過來一下嗎？」
「咦？啊，好的。」
我請西南兩人在原地等，被馬場阿姨帶離現場。大概是要介紹某人給我認識吧。不過一反我的預測，她走向廣場角落的無人區域，停在一棵大樹下，然後轉身面向我。
「小東，我沒聽妳說今天會多帶兩人過來。」
她圓圓的臉上完全沒掛著笑容。
「啊，那個……」
我連忙回溯記憶。我事先問過是否能帶朋友一起來，當時她回答「可以」。我確實可能沒告知是「兩人」，但是多一人應該不會造成什麼不方便，對於志工來說，人手多一點不是比較好嗎？

「得說清楚才行。某些東西只能按照人數準備。」

「……對不起。」

「還有，到時候妳們會不同組，可以嗎？」

「咦？」

「今天我讓妳和美嘉同一組。如果多一個人，我覺得讓妳們同組也沒關係，不過多兩個人的話有點……」

「為什麼不能全部同一組？」

「小東，妳知道今天是什麼樣的活動吧？」

「知道。大家一起登山……」

「沒錯，今天啊，每臺輪椅由五人輔助，大家同心協力爬山。如果其中四人是女生會讓人擔心。或許並不是絕對做不到，不過妳試著想想坐輪椅的人會怎麼想。『歡笑小天使』的孩子們，還有不良於行的特教學生與家屬，很多人都在期待每年一次的這一天。」

「……」

「妳特地過來，我卻講得像是在說教，對不起。謝謝妳願意過來。不知道的事情儘管問吧。」

馬場阿姨對我忠告完之後，匆忙走回廣場的人群。看不見她的背影之後，我也回到剛才的場所。

「小東歡迎回來～～」

「感覺妳氣色不太好。」

「啊，完全沒事。剛才就像是行前說明那樣。」

面對一無所知的華鳥與久留美，我即使拚命揚起嘴角，臉也緊繃到完全笑不出來。想到剛才的忠言遲早得告訴她們兩人，我心情就好沉重。能不能乾脆現在裝病回去？

——「歡笑小天使」的各位早安。現在要開始進行事前講習，請在看得見我的位置蹲下來。

馬場團長左手舉旗，右手拿起大聲公，眾人圍在她身邊。她讓大大的肚子吸入一大口氣，開始主持這場集會。

「各位接下來要爬的是單程約兩小時的一號路線。今天共九十人集合參加本活動。」依照「歡笑小天使」的活動紀錄，記得去年參加人數是五十人。今年規模明顯擴大。

「各位同心協力快樂登頂吧。但是請不要勉強喔。如果感覺任何不對勁，請立刻通知附近的工作人員。這邊的同仁是今天支援大家的特教學校老師們。」

被介紹的老師們依序向眾人打招呼。接著，社會人志工、青年志工代表各自致詞鼓舞大家，然後再度由馬場阿姨主持。

「接下來要分組行動。名單已經分好，被叫到的人請到這裡。國中生以下的志工都和我一起壓隊，所以稍等一下喔。那麼第一組的成員，藤原啟治先生、橫田博道先生、三島楓小姐……」

拿著一號牌子的是十歲左右的男生。被叫到名字的人們依序圍在他的輪椅旁邊。

「小東，久留美總覺得開始不安了。」

久留美從後方拉我的衣襬。轉頭看向她的臉，她的眉心出現皺紋。

「久留美……」

「久留美爬得到山頂嗎……」

「沒問題的。畢竟有很多大人。大家都一樣不安喔。」

其實我自己也是今天第一次爬山。主動進行這種艱困的挑戰簡直莫名其妙。如果沒當志工，我就不會爬山；如果不是為了夢想，我也不會當志工。至少我是以自己的意願決定的。華鳥與久留美不知道是抱持怎樣的心態位於這裡。

「難受的話跟我說吧。」

默默聆聽我們對話的華鳥，意氣風發地拿出氧氣罐給我們看。標高才六百公尺左右的小山，究竟會有誰罹患高山症？圓鼓鼓的 mont-bell 背包裡，感覺還塞滿其他不必要的登山法寶。

「話說東小姐，我們是第幾組？」

「那個……其實妳們兩人和我……」

「小～～東～～」

沿著聲音傳來的方向一看，美嘉朝這裡大幅揮手。

「這邊～～！要出發了～～！」

美嘉身旁是拿著三號牌子的少女，只把臉傳向我這邊。看來我是第三組。

「啊，我得過去了。」

「看來我們不知道什麼時候被叫到了。」

我走向美嘉，久留美與華鳥也跟了過來。她們兩人恐怕沒被叫到。不過在這個狀況，我不可能告知「妳們在別組」。

走到美嘉那裡，一旁看起來是組長的男性笑盈盈地迎接。

「這樣就到齊了。」

「不好意思，請多多指教。」

「請多指教。」

「請多指教。」

東西南三人一起朝著第三組成員低頭之後，美嘉果然開口了。

「咦？兩位不在這組喔。對吧，馬場阿姨？」

「嗯，小東的朋友們在第十組，所以被叫到之前等一下吧。」

「咦？」

「那麼第三組的各位，請出發～～」

馬場阿姨朝著拿牌子的輪椅少女揮手，催促到齊的第三組成員。華鳥與久留美欲言又止地看向我，但是同組的人們不等我就踏出腳步。

「抱歉，因為某些原因，我們好像不同組。在山頂見吧。」

我臨時說出這段話填補彼此的空間，不等兩人回應就開始爬山。

＊　4　＊

和第三組會合之後，剛才面帶笑容迎接的壯碩男性給我一條粗繩子。

「東小姐，這個麻煩妳。」

我負責的輪椅少女別說行走，好像連說話都有困難。我試著從她的表情猜測內心。看著映入眼簾的藍天，她正在想什麼呢？今天來到這裡恐怕不是她本人的意願。少女的母親總是環視周圍的景色，只要發現路邊探頭的花朵或躲在樹梢的鳥兒，母親就會停下來靜止數秒。我交互看著人們與大自然，沿著山路往上爬。

「為什麼帶兩人過來？」

通過標示「一公里地點」的看板之後，至今沒說話的美嘉開口了。

「因為我一個人參加會怕。」

先前對真司說的真正目的，此時當然要保密。

「這樣啊……」

後來，美嘉再度閉口。我們這組一直保持沉默。我曾經試著主動發言想改變氣氛，但是隨著坡度變陡，我也沒這個興致了。像是組長的男性偶爾會向大家說話，但組員們的回應被樹群吸收，即使不是出自本意，不過包括我在內的四人，成為缺乏溝通能力的一群年輕人。

花費兩小時終於抵達山頂一看，社會人志工們在等我們。好像是比我們先出發，在這裡幫我們準備午餐。我接過便當與自製味噌湯，決定在有點距離的樹下長椅休息。上完廁所的美嘉來到我身旁。

「辛苦了。」

「啊，嗯。辛苦了。」

「小東妳覺得怎麼樣？」

「我第一次參加這種活動，所以不清楚。」

「快樂嗎？」

「唔～～」

老實說，一點樂趣都沒有。爬完之後我只知道一件事，即使將難得的假期奉獻給公益活動，也得不到行善的滿足感。

「對不起，和我編在同一組。」

「還好啦，我不太在意這件事。」

「……」

這時候應該斷然否定才對。但是在我慎選言辭的時候，沉默變得愈來愈長。最後美嘉拿開大腿上的便當，走向許多人聚集的地方。

我愣了一下追過去，然而為時已晚。人們接連聚集在山頂，所以我找不到美嘉。

我尋找美嘉時，華鳥的大緞帶首先映入眼簾。她剛才在山麓穿在身上的 The North Face 硬殼衣如今圍在腰間。旁邊的久留美令我覺得怪怪的，原來是因為她捲起袖子了。在夏天都堅持穿長袖的她居然捲起袖子。

「出現了，叛徒。」

發現我的時候，久留美確實說出這句話。華鳥也將頭轉過來，兩人一起投以冰冷的視線。我像是逃難般掉頭走回剛才的長椅。

經過五分鐘左右，美嘉還是沒回來。長椅排著兩個便當。我雖然腦中一片混亂，但肚子也確實餓了，所以決定先吃午餐。我從背包取出水壺，搖一搖就發出清脆的碰撞聲，看來冰塊還沒融化。

原本以為在山頂吃的飯很好吃，但我大錯特錯。白飯、羊栖菜與可樂餅都鬆散又難吃。察覺味噌湯早就涼透的我拿起紙杯一看，褐色的水面浮著螞蟻。

「淹死很難受吧。」

我在大約三十公尺的前方發現草叢，所以單手拿著紙杯移動。瞄準混在雜草堆的薺菜潑下味噌湯。

「明明是女生，好野蠻喔～～」

轉身一看，抱著便當的久留美、華鳥與美嘉排排站。

「不……不是的，是因為螞蟻……」

「快點過來～～一起吃飯吧。」

久留美看起來沒特別生氣，對我這麼說。我緊握空紙杯，就這麼沒能整理思緒，回到三人等待的場所。華鳥與久留美在我直到剛才一個人坐的長椅前面鋪起野餐墊。

「妳們兩人不是在生氣嗎？」

「總之先坐吧？」

我依照華鳥的吩咐，坐在沒吃完的便當旁邊，看著兩人鋪好墊子。美嘉再度到我身旁默默吃起便當。

「帶大一點的野餐墊果然是對的。」

「南小姐，今天各方面都謝謝妳。」

「別在意。好啦，吃飯吧。」

「我開動了。」

「味噌湯好好喝～～」

「真的耶。」

她們明明應該看見我倒掉味噌湯，卻故意表示味噌湯好喝，我有點不高興。不只是沒讓我加入對話，甚至看起來築了一道高牆。這兩人該不會是特地過來整我吧？

「小東，怎麼了？瞧妳板著一張臉。」

「沒有啦，因為……想說妳們是不是在生氣。」

「沒生氣喔。」
「真的？」
我猛然起身導致免洗筷掉到地上，但現在沒空管那個。
「老實說，是已經沒生氣了。不過一開始被扔在山腳的時候，我們還是挺錯愕的。」
「久留美小姐還嚷嚷說要回去，真是不得了。」
「因為今天的登山明明也是小東硬拉久留美來的～～她自己卻先走了。久留美只有南小姐陪伴超不安的，想說回去算了。」
「妳以為是誰一直照顧妳到這裡啊？」
「抱歉抱歉，妳意外地可靠喔。啊，小東終於笑了。」
「太好了……」
我一直苦惱該怎麼修補這道意外產生的裂痕，總之暫且放心了。
全身放鬆力氣的瞬間，食慾回復了。原本那麼難吃，只吃一口就沒再動過的配菜，我現在覺得好迷人，重新打開剛才一度蓋上的便當蓋。我在流口水的同時想起筷子已死，只能看著大家吃完。身旁的美嘉只會為了吃飯開口，沒有說話的意思。
「啊，我來介紹。這位是今天和我同組，城州北高的龜井美嘉。」
「久留美早就認識了，所以應該只有南小姐第一次見到她吧？」

「哎呀，這樣啊……不過剛才稍微聊過了。是她問我們要不要來這裡一起吃飯。」

所以她們三人才會一起過來啊。美嘉到底為什麼邀她們過來？

「龜井小姐，我叫做華鳥蘭子，請多指教。」

「咦？妳不是叫做『南』嗎？」

「啊啊對了，大家叫我『南』是因為我就讀聖南特尼里塔斯女學院，所以龜井小姐也叫我『南』就好。」

「那我念北高，所以也叫我『北』吧。」

「咦～～既然這樣，久留美也要叫做『西』嗎？」

「哎呀！」

「怎麼了華鳥小姐，突然這麼驚訝。」

「我們是『東西南北』耶！」

華鳥、久留美與美嘉睜大雙眼。三人深信這是巧合。我學華鳥伸手捂嘴，隱藏心頭湧現的笑意。

＊5＊

「一，二，三～～」

占到好位置拍完大合照之後，今天的任務幾乎等於結束。

「那麼各位，請準備下山～～分組和上山的時候一樣～～」

馬場阿姨喊完，九十人的群體迅速散開。我察覺拍照時閉氣到現在，吸了一大口山頂的空氣，身體自然拉直。此時，久留美突然向前方的輪椅少女搭話。

「小幸，有吃飯嗎？」

「嗯，很好吃。」

「回程也加油喔。」

「嗯。」

從對話內容可以知道「小幸」和久留美同組。名為小幸的少女如果沒坐在輪椅上，看起來和正常女孩沒有兩樣。

「啊，媽媽。」

高眺的母親從後方現身。美得像是模特兒的母親，應該是年紀輕輕就生下小幸吧。

「幸，這麼多可愛的姊姊圍著妳，真是太好了。」

「嗯。」

「下山也拜託各位了。」

母親微微低頭致意之後，依序看向幸周圍的四名女高中生。

「哎呀，這不是美嘉嗎？」

「小幸的媽媽，好久不見。」

「今年不同組啊。」

「是的。」

「不過很高興見到妳。」

美嘉熟練地使用敬語，試著進行大人之間的對話。從「歡笑小天使」網站的內容來看，她進入這個團體至今三年，參加各種活動。至今和輪椅少女幸有什麼交流也不奇怪。

「咦～～！原來小幸全家都認識美嘉？」

蹲下來配合幸視線高度的久留美，像是發出彈跳的音效般起身，圓圓的雙眼依序看向兩人。一旁的華鳥沒說話，但是感覺得到她的心情。她按著嘴角，表現出今天第二次的震驚。

這樣的互動，我只能掛著微笑旁觀。即使遭到排擠，也繼續待在山頂。

「妳是？」

幸的母親突然面向我，歪過腦袋。

「啊，那個……」

「她們是我的朋友。」

「這樣啊。美嘉的朋友們。請多指教。」

「……請多指教。」

比起朋友的界線，保全公司的雷射感應器好懂得多。因為美嘉插嘴說明，我沒能好好自我介紹，不過仔細想想，我也不需要特地說出自己的姓名。反正就算說了，幸也不會記得吧。

此時的西南北以幸為中心。感覺好不容易轉動的齒輪卻卡到石頭，我內心不是滋味。我向身旁的美嘉建議。

「差不多該回我們組了。」

她回應「說得也是」一口贊同，我們回到自己的組別。

太陽繼續灑下燦爛的陽光，也還沒有下山的徵兆。下山速度很快，感覺休息時間也比上山的時候少。

「好！看得到終點了。」

我們抵達早上集合的廣場。其他組幾乎還沒到，不過各組沒多久就全部下山完畢。解散典禮簡短進行，一大早聚集在這裡的「歡笑小天使」就此道別。

我負責推的輪椅少女，整天都看著半空中。她好像是天生罹患肌肉失養症。她的母親發明信片給第三組所有人，做為今天的謝禮。

「哇～～好可愛。」

「是我女兒畫的。」

藍色的鳥兒在森林裡振翅飛行，她畫的樹木配色很柔和，是比現實美麗許多的風景。我好難過。她擁有如此美妙的天分，疾病卻奪走她的肌力，我對此感到憤怒。

「謝謝。」

我與美嘉都彎腰到輪椅的高度，直接向明信片的作者道謝。她的表情直到最後都沒變，以堅強的雙眼注視染成橘紅色的天空。

我們前去接久留美與華鳥，正如預料，她們在和幸愉快聊天。共處這麼久卻還有說不完的話，不知道她們擁有多麼高超的對話技術。

「差不多該走了喔。」

「好〜〜」
「快樂的時間稍縱即逝耶。」
我抗拒場中洋溢的不捨氣氛，指向車站。
「得快一點，不然電車再五分鐘就來了。」
「各位，真的謝謝妳們。」
幸與母親低下頭。久留美緩緩放開幸的手，深深鞠躬。不只是華鳥，我身旁的美嘉也跟著這麼做，因此我的視野在瞬間變得開闊。
朝車站踏出腳步時，美嘉叫住我。
「小東，我得幫忙馬場阿姨，所以先到這裡。」
遠方所見的馬場阿姨，以嚴肅表情和社會人志工們說話。看來下次見面再道謝比較好。
「收到。幫我向馬場阿姨問好。」
「……嗯。那麼再見。」
美嘉消失在包括馬場阿姨在內的成年人團體中。
「美嘉走掉了耶。」
「改天大家再聚一聚吧。」

東西南北齊聚的時間短暫，但今天確實是狀況好轉的一天。如果人生也像遊戲有紀錄功能，我想要立刻紀錄。

「總覺得有種成就感耶。」

「久留美也是～～」

「我也是。」

鄉下電車依然沒什麼人。我們三人空出許多座位，並肩坐下。不曾變小的 mont-bell 運動背包以及汙損的兔子背包，被兩人小心翼翼抱在懷裡。

「馬場阿姨。」

「哎呀，沒和大家一起回去嗎？」

「是的。我來幫忙整理到最後。」

「怎麼這樣，明明不用的……」

「因為，這裡是我的歸宿。」

「美嘉……」

「小東已經有一群出色的朋友，我不能去妨礙。」

「…………」

「是的……我知道的。可是，好快樂。今天也好快樂。」

「美嘉，聽我說。妳是我們『歡笑小天使』的重要成員。不過啊，如果妳找到其他的內心避風港，我會很樂意揮手道別。我現在希望妳做的不是貼心對待我，也不是協助志工活動。」

「…………」

「美嘉，我希望妳常保笑容。妳背負太多東西，吃過太多苦了。必須把失去的份好好享受回來。」

「……好的。」

Ch.6
共犯　～駱駝色的攝影師～

＊　1　＊

我收到久留美的邀請，才知道西特庫諾高專要在這個時期舉辦工業祭。說到文化祭的季節大多是秋季，不過西特庫諾高專在秋季要參加機器人大賽，所以改在初夏舉辦。

上次參加工業祭是小時候的事，所以我興奮不已。久留美邀請的東、南、北穿著各自的制服，到距離高專最近的車站集合。昨天投票表決時唯一投便服票的華鳥嘛嘴登場。

「明明放假卻穿制服也挺怪的。」

「在文化祭，穿便服比較格格不入。」

「但今天不是文化祭，是工業祭吧？」

明明算上登山那天還只是第二次見面，華鳥與美嘉的對話卻毫不突兀。

校門口在發放各種傳單。熱狗、巧克力香蕉等必備的飲食店當然不用說，還有科學體驗或機器人戰鬥這種高專特有的活動。

久留美說她在珍珠飲料店當店員。真司班上好像是賣咖哩，但我只有今天不想見他。可以想像他面對制服女高中生的色瞇瞇模樣。

「好熱鬧。」

「南小姐，別走散喔。」

「我知道。」

華鳥說著，抓住我的學校背包。

「哈囉小姐們，妳們幾年級？要不要來我們鬼屋玩？」

一個男生纏著我們硬要塞傳單。感覺之前也在某處見過他，大概是我多心吧。

「妖魔鬼怪對心臟不好。」

華鳥今天也以堅毅態度放話，華麗拒絕男生的邀請。

「久留美小姐正在孤單哭泣，我們快走吧。」

「她看到我們過來會開心嗎？」

反正華鳥趕路是因為口渴吧。而且雖然對不起滿懷期待的她以及負責販售的久留美，不過文化祭的飲料大多不夠冰，珍珠很硬又沒什麼味道。

「久留美他們班在三樓……應該是這邊沒錯。」

「是那個！我看到那裡寫著『珍珠』兩個字。」

華鳥放開我的背包，撥開人群大步前進。我與美嘉跟了過去。排飲料的隊伍延伸到走廊，推測和久留美同班的男學生在末端舉著「最後尾」的看板。

「好像要點飲料才能進去。」

「啊，她剛剛在裡面！久留美小姐！」

「哪裡？」

我沿著視線看去，卻沒看見久留美。

「她真的在嗎？」

「在喔。」

大概是華鳥長得最高才看得見吧。但即使久留美在教室深處，聲音也很難傳到那麼遠的距離。

「總之我們也來排隊吧。」

進入教室門邊是收銀檯，看來要先結帳再取餐。雖然不多，但室內準備了桌椅。

「下一位請點餐。」

「那我要一杯珍奶。」

「我也是。」

「我要珍珠可爾必思。」

「三杯都是四百圓。」

接待的語氣很客氣，但是高專男生不知為何都不和我們對看。果然因為班上女生少吧。我想起初次見到真司的那時候。

「號碼牌是五十六號，取餐的時候會回收號碼牌，請往那裡走。」

我們就這麼被引導走向教室深處，但因為人口密度高，經常撞到人。冷氣夠強所以不熱，但是無謂的人際互動很麻煩。

「華鳥小姐，幫忙找久留美。」

「她剛才就在喔。在那裡。」

「不會吧，我這邊完全看不見啊？」

「跟我來。」

華鳥毫不留情迅速前進。教室靠窗處排列長桌，用來區隔廚房與客人，長桌另一側有一個女生。圍裙繫在腰間，面無表情舀珍珠的她是貨真價實的美少女。

「久留美！」

「哇！妳們來啦，謝謝！」

久留美向身旁看起來文靜的男生告知「我離開一下」，繞過長桌來到我們這裡。

「不做飲料沒關係嗎？」

「沒關係沒關係，因為久留美從備料就一直包辦到現在。妳們都剛到？」

「沒錯。進到校門口就直接過來。」

「想說妳應該正覺得孤單。」

「嘻嘻，好開心。」

我沒聽漏。久留美笑完沒多久，尖叫般的聲音就從後方傳入耳中。我環視周圍，發現眾人的視線都集中過來。

——被包圍了。

之所以只有夠高的華鳥看得見，珍珠飲料店的生意之所以這麼好……原來如此。久留美身邊聚集了許多人。

「不好意思。」

不起眼的女高中生雙人組輕戳久留美肩膀。

「嗯？」

「方便一起拍張照嗎？」

不是穿制服或便服，而是班服T恤。所以她們也是高專生。

「去年的機器人大賽我也有看，我從當時就一直崇拜大河學姊。」

「呃～～謝謝。那麼……」

久留美雖然答應這個要求，但她臉上沒什麼笑容，甚至不擺姿勢。久留美平常即使去服飾店或餐廳，也不會親切對待店員。能和這樣的她成為好朋友，我真是萬中選一的幸運兒……我每次面對這種場面都沉浸在優越感。

「兄弟們，我們也找她拍吧。」

我看見四到五個男學生接近過來想搭順風車。對於偶像來說，和男生合照的風險很高。此時我非得想辦法阻止才行。

「久留美，我想去一下洗手間，可以教我怎麼走嗎？」

「嗯，我來帶路吧～～不過等人少一點可能比較好。」

「我快憋不住了！」

＊２＊

上完不太想上的廁所當成緩衝之後，我們坐在中庭的長椅。

「總覺得啊～～能像這樣見到大家好幸福。」

「……」

「之前的工業祭，我每年都請假。覺得開店很麻煩，也沒人一起逛。」

「……」

「不過，今年好快樂。」

「那就好。我啊，現在也非常快樂。不過和大家在一起，就變得不想唸書準備升學考試。所以我們找個地方……」

「不好意思。」

陌生男生打斷華鳥的話語。

「我是五年級的清水。方便的話，請各位捧場。」

他將一張紙遞給久留美之後快步離開。既然是五年級，那他和真司同學年。

「什麼什麼？」

六顆眼睛看向久留美手邊。

『科摩多龍。十一點十分在體育館開演。』

「這是什麼傳單嗎?上面『科摩多龍』這四個大字是什麼?」

「樂團名稱吧。在文化祭演奏的那種。很常見。」

「久留美，怎麼辦?」

不相干的我們熱烈討論，久留美眉角下垂。

「唔~~妳們決定吧。」

「說這什麼話，一定要去喔。」

「我也這麼認為。」

「既然大家這麼說，那就走吧~~」

我們三人從長椅起身，跟在久留美身後。平常大多帶頭的我走在最後面，總覺得挺新奇的。

我們抵達體育館，但時間還很充裕。以素昧平生的學生樂團填補空白時間也挺過分的。正在表演的「花枝腳」樂團，也因為各樂器過於搶眼而埋沒主唱的聲音。我好想遙控調整舞臺上設置的 Roland 擴大器。

「嘴巴好閒喔~~」

「要買點東西吃嗎？」
「這麼說來，飲料呢？」
「呃！」
打開包包，裡面有張留下摺痕的號碼牌。
「為什麼沒人察覺？」
「都是東小姐的錯。因為妳說要去洗手間。」
「久留美去拿吧。」
「不可以喔，久留美，妳要待在這裡。妳是最得看表演的人。」
「咦～～可是如果不冰了，請他們重做比較好吧？」
確實，只有久留美做得到這種事。三人陷入易懂的沉默。
「距離『科摩多龍』還有一段時間，沒問題的。」
久留美掉頭回到珍珠飲料店。我負起上洗手間的責任跟她一起去，請華鳥與美嘉留在體育館，由她們占位子。
「五十六號？啊啊，滿早之前就做好了，所以肯定不冰喔。」
正如預料，我們點的珍珠飲料已經因為冰塊融化變稀了。不過久留美行使權力，成功換到新的飲料，所以暫且放心。我雙手拿著飲料杯，擔心手會不會因為太冰與結露而打滑。就在準備回到體育館的時候，後方傳來呼叫久留美的聲音。
「久留美小姐。」
是似曾相識的少女聲音。
「啊～～！小幸！」
久留美一看見幸就跑向輪椅。幸為什麼在這裡？久留美邀她參加工業祭嗎？還是幸自己一個人來到這裡？
「一起逛吧。啊，小幸可以喝這個嗎？」
「嗯。」
幸從久留美手中接過珍珠飲料，小小的嘴含住吸管。
「小東抱歉，我手上的飲料也拜託了。可以用那邊的托盤幫忙端過去嗎？」
「不過下樓的時候好像會打翻。」
「放心，到時候會搭電梯。」
「咦，有電梯？」
雖然在公立高中無法想像，但國立高專好像有電梯。久留美是知道這一點才找幸過來吧。
帶著輪椅少女前進，走廊上的學生或別校訪客都向我們行注目禮。但久留美連看都不看周圍一眼，反而表現得落落大方。雖然搭電梯下樓，不過前往體育館必須走一段外廊，路上有好幾階的落差。只要走出校舍一步，無障礙原則就不適用了。

「小東。」

「嗯？」

「久留美還是和小幸在這裡等吧。」

「不會吧？」

久留美意志堅定，我再怎麼試著說服，她都不肯聽。

這麼一來只能回去找正在占位子的華鳥與美嘉，討論怎麼讓久留美過來。回到體育館一看，兩人在最前排的座位區大放異彩。

「啊，來了來了。小東，謝謝妳。」

「我的是可爾必思口味對吧？」

我一抵達，華鳥與美嘉立刻拿起托盤上的珍珠飲料。似乎沒因為久留美不在場而覺得奇怪。

「妳們一邊喝一邊聽我說，久留美說她不看樂團表演了。」

「什麼？這麼短的時間發生了什麼事？」

「剛才小幸到久留美班上。」

「妳說的小幸是『歡笑小天使』的小幸？」

「對。」

「所以，久留美現在呢？」

「和小幸在一起。」

「如果久留美不看『科摩多龍』，我們留下來看就沒意義了。占位子也沒意義。」

兩人緩緩收拾起隨身物品。

「小幸與久留美小姐在哪裡？」

「應該在體育館外面。咦，等一下，妳們真的不看嗎？」

「我反而想問，東小姐想看嗎？」

「想看啊。」

「那我們先走吧。」

美嘉看起來在遲疑，華鳥卻強行帶她離開。體育館只剩下我。

「記得叫做清水？真同情那個男生。」

我坐在兩人幫忙占的座位，不去正視自己可能做錯的選擇。這是沒辦法的，因為我不太想和幸在一起。

＊ 3 ＊

（我們在家政課準備室的咖哩店。）

「科摩多龍」共三首歌的表演時間結束，看向手機，美嘉傳訊息給我。我輸入「我現在過去」，卻在按下傳送的時候畏縮了。既然是咖哩店，真司該不會也在那裡吧？

我打開簡介確認場所，說來遺憾，全校開咖哩店的只有一組。我懷抱憂鬱的心情離開體育館。

「啊～～小東終於來了。」

「久等了。」

「幫妳點的乾咖哩剛送來喔。」

「趁熱吃吧。」

幸好在收銀檯與外場都沒看見真司。依照四人所說，點餐到上桌要很長的時間。擺在我面前的乾咖哩，白飯占了八成。華鳥點的蔬菜咖哩，紅蘿蔔與馬鈴薯的形狀醜到恐怖，但大小姐說味道樸實又好吃，看起來很滿意。

我向久留美說了剛才聽「科摩多龍」的感想。清水唱的歌曲是back number的

《Heroine》、《High School Girl》與《戀》，五音不全到令人聽不下去。久留美只說句「還好沒去聽」微微一笑。

吃完之後，我們繼續愉快地聊了一陣子。久留美的休息時限將近，我們離開家政課準備室。光顧的客人和上午相比少了許多。

送久留美回教室的途中，幸突然從輪椅探出上半身。

「這裡是什麼？」

她指的方向寫著「扮裝照相館～十年後的你～」。

「要進去看看嗎？」

美嘉詢問幸，幸果斷點頭。

「久留美，時間沒問題嗎？」

「唔～～別太久就可以。」

「那就進去看看吧。」

從走廊的裝飾感受不到活力，所以我興趣缺缺，但我判斷自己繼續擅自行動很危險，所以不情不願地答應了。進入教室，迎接我們的是廉價的禮服與兔子布偶裝。

「歡迎光臨。哇，最後居然是這麼可愛的妹子們光顧。」

「最後？」

「嗯，正想說沒人來乾脆收攤了。」

熟練使用男大姊語氣的高專生穿著裙子，還塗了口紅。不過大概是預算不夠買假髮吧，頭上依然是三分頭的髮型。

「啊，那麼小姐們，從那裡挑選想穿的衣服吧。但不是選妳們現在想穿的衣服喔，要想像十年後的自己。」

「為什麼？」

「這樣就像是時光膠囊，不是比較好玩嗎？」

男大姊指著放在入口的籃子。是進入教室首先映入眼簾的各種廉價服裝。

「久留美要穿這個。」

「太早決定了吧？」

「幸要這件！」

久留美選擇男用西裝，幸選擇短裙小禮服。

「小幸的這件衣服，是哪種角色扮演？」

「這個啊，是偶像！裙子輕飄飄好可愛！」

「小幸真的很喜歡偶像耶。」

握著輪椅把手的美嘉溫柔撫摸少女的頭。

難道說，幸也和我一樣——

「不過幸還是穿『新娘』吧。」

「哎呀，為什麼?機會難得，穿那套可愛的衣服不是很好嗎?」

「不。幸還是希望比我大一點的姊姊穿那套。」

「那我穿這套吧。」

既然幸不穿，那就我穿吧。我覺得這件粉色蓬蓬裙洋裝是籃子裡最吸引人的一套。

「也有很多小配件喔。妳拿這個。」

男大姊硬是讓我拿著一根塑膠麥克風，原本大概是彈珠汽水的容器吧。說不定他剛才聽到我和幸的對話。

男大姊帶著我、華鳥、美嘉三人使用更衣室。久留美早就換好男用西裝，所以由她負責幫幸換裝。

「南小姐的那套是什麼?」

「探險家。東小姐沒看過李文斯頓的傳記嗎?」

「沒有。說起來，我沒看過任何人的傳記。」

換穿修女服的美嘉，一直欲言又止的樣子。

「美嘉小姐知道李文斯頓吧?」

「……」
「怎麼了嗎？一直不說話。」
「南小姐，妳知道小幸為什麼選婚紗嗎？」
「……不知道。」
「這裡的服裝幾乎都是短褲短裙，沒有小幸想穿的類型。」
「可是洋裝短一點不是比較可愛嗎？」
「南小姐，如果妳的腿是金屬打造的……妳會想讓大家看嗎？」
「……」
原來如此，她今天以及上次登山都穿長褲，所以我們沒察覺她的腿是義肢。
「對不起。我完全不是在生氣。」
美嘉以柔和語氣說完，走出更衣室。只剩下華鳥與我的空間，洋溢著無從處理的沉重空氣。
「……我說錯話了。」
「既然不知道也沒辦法喔。我不認為南小姐有錯。」
「……謝謝。」
我套上綁帶靴，華鳥也穿起 Timberland 的靴子。

「東小姐，很適合妳喔。」
「南小姐也很像那位李文某某。」
「哼，妳明明不認識。」
「要開門了喔。」
幸在更衣室前面等待。我的視線自然移向她的雙腿。
「哇！好棒！」
角色扮演這種異次元體驗令我相當害臊，不過幸的誇張反應稍微緩和這份心情。
「不錯耶！既然大家換好衣服，照片的背景要選什麼顏色？」
「背景色也能選？」
「沒錯。不過只能白跟綠二選一。」
「幸要綠色！」
「綠色啊，那就站在黑板前面吧。」
「什麼嘛，原來是這樣喔～～」
對學生品質抱持期待是禁忌。令人更驚訝的是，男大姊手上是拍立得相機。明明號稱照相館，最重要的相機卻是這種水準。
「那要拍了喔！」

——啪唰。

按下快門之後，相機吐出四方形的紙。不過，明明還不會顯示任何圖像的白紙，刻上原本不該有的黑色線條。

「天啊～～這是什麼線？漏墨嗎？」

男大姊開始拆解拍立得，雙手逐漸染成漆黑。

「修得好嗎？」

為什麼會漏墨？說起來為什麼用拍立得？我們為什麼在最後來到這種地方？隨著時間經過，後悔在內心形成漩渦。看來不耐煩的不只是我。華鳥、美嘉與久留美都露出不符合服裝的難看表情。

「可能沒時間了～～」

久留美以手機確認時間，然後就這麼打電話給某人。

「阿真，你在哪裡？」

——這個不祥的預感，恐怕不是預感。

即使祈禱這個人不是我認識的阿真也無濟於事。

「社團的學長說他現在過來。那個人平常也在大會負責攝影，技術還不錯，所以請他拍吧。小東也認識對吧～～」

「唔，嗯。」

到了這個地步，逃不掉的現實等待著我。早知道註定在這裡遇見，在咖哩店根本是白操心。我也因此完全不記得乾咖哩的味道。

不到五分鐘，真司從教室趕來了。大概是有一段距離，他難得氣喘吁吁。

「阿真，抱歉喔。」

「好棒喔～～他的相機好大一臺。」

「謝謝您專程過來。」

美嘉道謝之後，華鳥與幸低頭致意。真司抽出口袋裡的手舉到臉前，說著「別客氣」做出紳士的回應。對喔，在這個時間點遇見他，就某種意義來說或許很幸運。我們身上不是制服，而是角色扮演服裝。真司看向我咧嘴一笑，但他看起來沒我想像中那麼入迷，我就放心了。

「真的很抱歉！謝謝！嗚嗚……」

「你是男生，不要這麼哭哭啼啼的。」

華鳥抓住坐在地上的男大姊手臂，硬是拉他起來，三分頭的他不情不願抬起頭。他臉上滿是透明的鼻水。

「我來了，所以不必再哭了喔。」

「喔，阿真難得可靠耶～～」
「久留美，妳怎麼穿西裝？」
「因為這裡是角色扮演照相館啊。」
「這我知道，但妳為什麼選那套？」
「這套不是最像系統工程師嗎～～？」
毫不統一的我們重新在黑板前面排排站，然後真司拿起掛在脖子上的萊卡。我隔著觀景窗和他四目相對。
——喀嘰。
響起要豎耳聆聽才聽得到的細微快門聲。
「好，拍好了。」
「等一下，你沒說『一二三』之類的，我們哪知道你什麼時候拍啊？」
「剛才久留美的臉肯定很奇怪！」
——喀嘰。
「就說了，拍的時候……」
「放心，拍到好照片了。久留美，飲料店的人在找妳，妳換好衣服最好趕快回去喔。我也得去收拾，不然會被罵。」

久留美立刻衝進更衣室，真司回到教室。

「那傢伙是怎樣？裝模作樣。」

「剛才那位，記得東小姐認識吧？」

「啊，嗯……」

「反正拍到照片了，不是很好嗎？」

「也對。我們也去換裝吧。」

華鳥與美嘉進入更衣室。我原本想跟過去，卻停下腳步。久留美走了，所以如果連我也進去換衣服，幸會落單。

「對不起，小幸。我很快就換好衣服，可以等我嗎？」

「嗯！沒問題！」

「那麼……」

「東姊姊，謝謝妳穿那套衣服給我看！好像真正的偶像耶！」

「……」

比起大人，我覺得小孩更容易說出讓人聽了會開心的話語。這年紀的孩子要學客套話還太早了。內心某處的我如此深信。

「如果我成為真正的偶像，妳會開心嗎？」

「嗯！」

「這樣啊。」

我上半身往前彎，對幸講悄悄話。

「一言為定喔！」

少女說完，將小指伸到我面前。

＊　4　＊

「喔，坐輪椅的那個孩子也是啊。」

「嗯。」

「那套衣服很適合妳喔。」

「偶像的服裝很可愛。不過那套挺陽春的。」

「因為是文化祭的品質啊。」

「要穿真正的偶像服，果然得先成為真正的偶像。」

「咖哩怎麼樣？」

「總覺得……沒什麼印象。」

「我們還挺努力的喔，像是加入祕密食材提味。」
「啊，我要你拍的照片。」
「機會難得，我洗出來再給妳。」
真司在咖啡魔法的效力之下，看起來完全像是沉穩的男性。但我和他見面可不是為了閒話家常。
「接下來，我決定進攻東西南北的正中央。」
「是喔，我不知道中央區域有哪間高中。」
真司就這麼拿著咖啡杯，以隨便的態度聽我說話。我默默看著他一陣子。看來我在他心中的優先順位不如咖啡。
「嗯？我說錯什麼嗎？」
「那一區沒什麼高中喔。」
「嘿咻。」
往後靠在椅背的真司撐起身體，將咖啡杯放在桌上。
「既然這樣，妳的目標是？」
威靈頓黑框眼鏡後方的雙眼終於朝我聚焦，我至此進入正題。
「翁琉城。」

「城？感覺沒什麼有效發揮的空間。」

「當地居民只會在櫻花季造訪的翁琉城，在旅遊網站的評價很高。去年的『外國人喜愛的日本觀光景點排行榜』列為全國第十二名。」

「是喔，原來很受外國人歡迎。」

此時，我拿出藏在學校背包的電視情報雜誌，指著《外國人票選值得一去的日本觀光景點前三十名》的節目表。

「這個會從下一季開始播。」

節目名稱是《認真（全力）調查！本日就想去的日本真正好去處》。雖然標題了無新意，不過主持人好像是人氣諧星「蘋果咖哩」的下田。

「這個節目怎麼了？」

「這個節目要製作翁琉城的專輯，所以我們下週開始要在翁琉城工作。」

「工作？」

「嗯。幫外國人翻譯的導覽員。這部分我已經安排好了。」

先前去馬場屋的時候，我向馬場阿姨提到想當翁琉城的導覽志工。在城州擁有二十多年志工資歷的馬場阿姨出馬就省事多了。她說會介紹珍藏的最佳人選給我。

「想說可以和翁琉城一起上電視。」

「……會這麼順利嗎？」

真司蒙上陰影的表情頓時令我不安。

「只是城裡的導覽志工吧？像是城的情報，節目大多會用旁白處理。翻譯志工也是每座城幾乎都有，我覺得很難成為節目介紹的焦點。聽說某些比較講究的城堡，會讓志工打扮成武將或忍者。而且，如果採訪時間是平日白天不就完了？就算真的能上電視，也必須有相當出色的表現，否則我認為沒什麼成果。」

他說的這些都正確。我第一次聽他說這種話。以往大多是回應「挺有趣的」、「加油吧」推我一把。今天我也期待他這麼說。

現在桌上攤開的電視情報雜誌，是我被封面吸引買下的。五人組的偶像團體將檸檬放在臉蛋旁邊，對著我微笑。或許是我擅自解釋為她們在引導我吧。

「不過，妳會做吧？」

「咦？」

「一般人在自己想走的路上碰壁時，大多會找別條路。但妳會翻過那道牆，不然就是破壞那道牆。像是山豬一樣橫衝直撞。不對，比較像是哥吉拉。」

「居然對女生說像是哥吉拉？」

「抱歉，抱歉。」

我注視慌張拿起咖啡喝的真司。他總是快嘴說出自己整理好的一套主義或主張。上次他強調運動服穿在制服裙子底下有多麼惡質。每次說個痛快之後會立刻道歉，耳朵紅到發燙，這是他一貫的模式。最近的真司經常裝得好像很懂我，但我也大致能看透他的內心。

「東小姐。」

「什麼事？」

「我有個提議——」

Ch.7

勁敵　～通外語的老人～

＊　1　＊

攻城紀念日定在我對真司說明計畫的整整一週後。光明正大矗立的翁琉城，以清澈的藍色為背景俯視我。

「打擾了～～」

售票處的大姊姊視線隔著壓克力板看過來，我默默無視於這雙視線，走向正門。入場費已經確實付清，所以我這種程度的行為，希望她能以服務大眾的精神不予過問。時間是十點五十五分，我剛好在指定時間的五分鐘前抵達，應該可以說是特別符合日本人特質的高水準行為。

可以眺望整個城州地區的翁琉城矗立在山頂。我當然是搭接駁車來的。我沒有登山的嗜好，不需要一年爬那麼多次山。

「是董小姐嗎？」

「啊？」

「妳是董小姐對吧？馬場小姐介紹過來的人。」

「啊啊，是的，敝姓東。」

發現我在入口附近無所適從的三名老人走了過來。年紀大概和我爺爺差不多吧。推測約八十歲的這位老爺爺假牙好大一副，感覺嘴巴闔不太起來。我看見他掛在脖子上的會員證。原來如此，這位就是……

「您是伊丹先生吧？是馬場小姐介紹我來的，我叫做東由宇。今天起請多指教。」

「這邊才要請妳多多指教。」

我伸出右手，伊丹先生滿是皺紋的手指無力包覆我的手。接著我也和旁邊另外兩位老爺爺握手。

「那麼事不宜遲，我先去借臂章，晚點見。」

留下這段話不知道跑去哪裡的老爺爺，有著圓圓的雙眼與白裡透紅的雙頰，體型胖嘟嘟的，真的很可愛。

「進行這項志工活動的時候要戴臂章。順序是預先說好的，今天輪到他。當天負責臂章的人要去正門幫忙拿大家的份。」

「這樣啊。」

一瞬間我懷疑他們有嚴謹的階級關係，但聽到伊丹先生說有輪值制度，我就放心了。

「對了，妳去過附近的下松博物館嗎？」

突然從側邊傳來的這個問題不是來自伊丹先生，是另一位老爺爺。

「下松博物館？還沒去過。」

「這樣啊。最好去一次喔。這是我上次去的時候拍的，妳看，很帥吧？」

他硬塞一張照片給我，上面是故障的戰鬥機。等我年紀大了或許就會理解個中魅力吧。

「你看看，董小姐在為難了。你那個話題不重要啦。突然連照片都拿出來，別人只會覺得莫名其妙。」

伊丹先生犀利吐槽，這位軍事宅的老爺爺就乖乖收起照片。看來伊丹先生的地位高得多。

「話說董小姐，記得妳會說的外語是英語？」

「是的。」

「那妳今天可能會有點無聊。因為今天導覽的對象是西班牙人。」

「西班牙人……」

該不會要以西班牙語導覽吧？

此時，剛才離開去拿臂章的老爺爺小跑步回來了。

「久等了。請用臂章。」

「辛苦了。那麼那麼，晚點見。」

兩位老爺爺走向南門，只有我與伊丹先生留在原地。原本以為四人會共同行動，看來我錯了。

「伊丹先生，他們兩位接下來要去哪裡？」

「今天只有一個人預約，所以沒負責導覽的人要在門口找人搭話。如果發現外國觀光客，就主動問他們是否需要導覽。」

感覺和尋找剪髮模特兒一樣辛苦，但我想像的導覽志工正是這種類型。

「不過，那個老爺子挺白目的。」

「哈哈哈……」

我猜得到他是說哪位老爺爺。看來銀髮族社會也滿黑的。

委託人準時出現了。看起來和善的風貌使我鬆了口氣。西班牙裔的漢娜是二十歲的女大學生。我聽得懂的只到這裡，接下來由日本老爺爺打開話匣子進行西班牙語的對話。看漢娜愉快回應的模樣，對話應該是成立的。

「進入天守閣之前，要先從翁琉城的歷史開始說明。」

伊丹先生對我說完，裝假牙的嘴再度說出西班牙語。我從大大的斜背包取出資料夾，導覽之旅終於揭開序幕。

＊　2　＊

「這座翁琉城是在戰國時代末期建造的。當時武將之間流行建造氣派城堡誇示自己的實力，這座城也是其中之一。構造當然也很講究喔。那邊那個洞叫做『狹間』。現在是打開的狀態，不過在敵人進攻之前都以灰泥封鎖……」

伊丹先生以手上的資料，進行約五分鐘的說明。因為我聽不懂西班牙語，所以也會加一些日語，但他講日語的時候，漢娜看起來閒著沒事，令我在意。

「那麼，差不多該進城了。」

第一地點的導覽結束之後，伊丹先生再度帶頭前進。不知道是步伐較大還是性急，總之伊丹先生明明年紀很大，走路卻很快。

我們跟在他身後，但漢娜不時停下腳步。她反覆走走停停，每次停下來都會拿數位相機拍照。我交互確認伊丹先生與漢娜，費盡心力調整彼此的速度以免走失。

來到通往天守閣的門前，漢娜不好意思般將相機遞給我。

「Please。」

我爽快接下相機對準漢娜，她立刻露出笑容。我在她豎起大拇指擺姿勢的時候按下快門。漢娜的夢想是什麼呢？看著觀景窗的我忽然冒出這個疑問。

進入天守閣之後，人口密度一下子增加，我們終於在這裡跟丟伊丹先生。被拋下的我與漢娜決定先往城堡深處走。

依照館內地圖，行進路線是先到三樓再往下到二樓與一樓。現在我與漢娜所在的一樓是伴手禮商店。漢娜看著館內地圖旁邊豎立的「捐款芳名錄」，拍下看不懂的照片。名字公布在這裡的人不知道捐了多少。我無從想像是幾位數，不過名單應該是按照捐款金額排列吧。

「華鳥信子」。

最右上的這個名字忽然引起我的注意。不會吧？改天見面的時候，如果我還記得就問問看吧。我沒有好奇到現在就想特地拿手機出來問。

漢娜以眼神示意自己拍夠了，所以我帶她搭電梯到三樓。

「董小姐。」

「啊，伊丹先生。還好找到您了。」

真是的，快腳爺爺已經先在電梯前面等。如果我選擇爬樓梯，不知道會是什麼結果。

「好啦，我們上去吧。」

翁琉城頂樓設計成瞭望臺。城州當然不用說，連更遠的大海也能盡收眼底。伊丹先生再度打開資料夾，開始進行導覽。和剛才一樣，依序以西班牙語與日語在這裡說明眺望的景色。

「今天天氣晴朗，可以清楚看見很遠的地方。這座城的南方是河流，所以從前逃走的路線設計在北方。大概在那附近……」

以日語講解的時間，漢娜在三樓樓層繞了好幾圈。她千里迢迢花了十五小時以上來到日本，卻讓她將時間浪費在徘徊，我過意不去。我檢討是否該表示「對我的導覽簡單帶過就好」，但是考慮到可能壞了老爺爺的心情就難以啟齒，最後還是讓漢娜等待，避免引發風波。

「怎麼樣？幾乎都是妳住在這裡卻不知道的事吧？」

「是的。」

「太好了太好了。那我們接著到二樓吧。」

伊丹先生滿意地瞇細雙眼，再度以驚人速度踏出腳步。我帶著漢娜緊跟在老人身後。

下樓一看，這層樓就像是美術館。氣氛和三樓截然不同，琴聲ＢＧＭ播放的空間排列各種展覽品。

「ＷＡＯ！」

漢娜一溜煙跑向標示為「螢丸國俊」的日本刀。

從刀柄到刀尖，她仔細觀察許久，然後不在乎周圍地大聲拍手。伊丹先生連忙上前搭話，她以高亢的聲音表達興奮心情。

「哈哈哈。董小姐，她說這把日本刀太美妙了。」

雖然沒說出「我想也是」這句話，不過這種事我看漢娜的樣子就知道，所以不必翻譯。

「其實這把日本刀最受觀光客的喜愛。」

搞不懂外國人的喜好。日本刀不就是大一點的菜刀嗎？

「這在歷史迷之間稱為夢幻之刀。之所以這麼說，是因為這把刀在太平洋戰爭之後下落不明。原本以為被獵刀武士接收，卻在大約二十年前在城州發現。當時媒體用特大篇幅報導，不過董小姐還沒出生，所以應該不知道。螢丸這個名字來自武將阿蘇維澄某天夢見……」

語言與眼珠顏色都不一樣的外國人都喜歡這把刀，看來它的價值比我想像的還高。直到日語導覽結束，漢娜都目不轉睛看著日本刀。中途還向路人搭話，請對方幫她在刀的前面拍照。

二樓是志工導覽的終點。待在天守閣的時間大概一小時。

我們送漢娜到正門，進行最後的道別。

「Gracias.」

我使用初級西班牙語向漢娜道謝，她隨即牽起我的手。

「董小姐，謝謝妳。」

「噗！」

我忍不住笑出聲。「對不起，我日文不好。」漢娜說完面帶哀傷。

「No!No!Very Well!」

要是傷害到這位純真的西班牙人，都是假牙老爺爺的錯。

享受完最後的女孩對話，分頭行動的軍事宅老人與可愛老爺子出現了。明明只隔了一小時，卻不知為何感到懷念。

「嗨，今天完全沒生意。」

可愛老爺子看起來不甘心。聽說他後來找好幾名觀光客搭話，卻悉數被拒絕。

「漢娜！」

不懂察言觀色的軍事宅老爺爺裝熟叫著漢娜。

「Que tar?」

「Muy bien!Gracias!……Gabla espanol?」

「Un poco.」

老人搔抓白髮害羞般笑了。真是的，這位老爺爺直到最後都挺白目的。大概以為對方是西班牙人，講什麼她都聽不懂吧。漢娜應該不知道老爺爺對她髒言髒語，瞇細純潔的綠色雙眼。我拉著伊丹先生只剩皮包骨的手臂，向他打耳語。

「那位老爺爺果然很白目。他向漢娜小姐說了不乾淨的詞。」

「哈哈哈！」

伊丹先生張大嘴露出假牙。

「董小姐，『un poco』不是日文的便便，完全是西班牙語喔。以英語來說就是『a little』的意思。」

「咦，是這樣嗎？」

沒想到在最後丟這種臉。而且居然連那位問題爺爺也會說西班牙語。雖然不甘心，但我今天敗得徹底。

「順便提醒一下，董小姐，日本常說的『那個～～』最好別對西班牙人說。『加賀真理子』也不能說。」

「請問這在西班牙語是什麼意思？」

「哈哈哈，不告訴妳。」

在漢娜的提議之下，我們最後合照紀念。這座上相的城堡在最後表現優異。

＊3＊

目送完畢之後，老人們說要去補充糖分，我也就這麼跟著去了。負責臂章的可愛老爺子要先歸還臂章再過去，所以我和另外兩位高齡男性一起搭接駁車，進入車站附近一間古老咖啡廳。裡面已經有一組老夫妻光顧，除此之外只有店長一個人待在吧檯後面，看起來都已經超過花甲之年。被這麼多長者圍繞的我，終於開始擔心他們會不會吸走我的壽命。

在看起來很適合抽雪茄的店長帶領之下，我們坐在靠門口的沙發座位。

「今天辛苦了。嘗試之後有什麼感想？」

「比我想像的還辛苦。居然是義務從事這份工作……我好尊敬各位。」

「哈哈哈，我聽了好開心。」

伊丹先生看著端上桌的漂浮可樂，幸福般瞇細雙眼。要是他就這麼前往天堂會很麻煩，所以我繼續對話。

「伊丹先生，您的英文與西班牙文是在哪裡學的？」

「我長年從事貿易相關的工作。英文、中文、法文、德文、義大利文都有很多機會接觸，所以不知不覺就自然學會了。西班牙文是最近學的。」

「您是超人耶。」

「不，我想應該是我喜歡獲得知識吧。」

「上了年紀之後，記性也沒變差嗎？」

「自由時間相對比較多喔。年紀大了都是這樣。」

伊丹先生以長長的銀色湯匙，小心翼翼將冰淇淋送入口中。

我一直以為「學習」是為了當成自己將來的助力。伊丹先生以他的人生告訴我不只如此。

「下次妳一個人做得來嗎？」

「啊，可以。」

這時候我最好趕快磨練自己。電視臺不久之後製作翁琉城的專題報導時，伊丹先生無疑會成為我的對手。能說六國語言的高齡男性是很難對付的強敵。

「伊丹先生使用的那份資料，方便給我一份嗎？」

「這是我為了方便自己導覽而製作的，所以不能給妳。不過我可以給妳說明書，請用那個吧。大家都是各自研究如何能導覽得更好。董小姐，也請妳努力發揮自己的特色吧。」

「知道了。謝謝您。」

「還有其他不懂或想問的事情嗎？」

應該在這時候說嗎？真司先前在咖啡廳的提議，今天也整天縈繞在我的腦海。

——什麼提議？

——我能不能也加入志工行列？

——但這是東西南北的計畫啊？

——我知道。不過正因如此，所以我或許能成為東西南北的助力。

我慢慢吸一口氣，一鼓作氣朝伊丹先生說出口。

「那個……！」

「嗯？」

「我不會輸的。我會成為優秀到不輸給各位的導覽員。」

伊丹先生一口氣喝光和冰淇淋融為一體的可樂。發出滋滋的響亮聲音之後，他的嘴離開吸管，雙眼暫時看著只剩下冰塊的容器。雖然恆齒的數量不夠，不過他的味覺似乎是年輕人。約三滴水珠滴到杯墊之後，伊丹先生抬起頭。

「……年輕人果然有霸氣。請加油。」

伊丹先生從包包取出一疊厚厚的資料擺在我面前。一份是關於翁琉城的紙本資料，另一份是公益社團法人日本觀光振興協會發行的觀光志工導覽說明書。帶著這份沉重的伴手禮回家很辛苦，不過帶來的人也覺得很重吧。我只能將資料收進自己的包包。

歸還臂章的可愛老爺子晚一步抵達之後，伊丹先生點了第二杯漂浮可樂。軍事宅老爺爺不時插入陸海軍的話題，不過直到最後都沒人搭腔。最後他拿桌上的紙巾挖鼻孔。

「那麼，差不多該走了。」

我們各自結帳，付清之後走到店外。我向雖然年長卻活潑的三人道別。我的下一個上班日是下週六。

「喂？真司，下週六我要求出動。嗯，對。我今天試過之後，發現你或許出乎意料派得上用場。順便問一下，你有行動印表機嗎？」

＊ 4 ＊

我暫時將耳際的手機拿到面前確認收訊狀況，看來收訊良好。和伊丹先生通話需要高超的聽解能力。

「董小姐，希望妳務必來幫忙。下週四或五哪天方便嗎？」

伴隨假牙雜音說出來的話語，大概是這樣的內容吧。我當然猜得到他叫我去的原因，但我原本以為時期會再晚一點。

華鳥每週五被家庭教師綁死，所以感覺週四比較方便，但這週我預定到馬場屋教小朋友英語。最壞的狀況就是向那邊請假吧。久留美在考試期間沒有社團活動，美嘉只要找她都會來，所以帶她們兩人過去應該不難。

「我週四放學之後過去。四點多就可以到喔。」

當天接受召集的伊丹全明星陣容共七人。伊丹先生本人、可愛老爺子、我，再加上久留美、華鳥、美嘉、真司。這幾週我從「我的導覽功力沒辦法像伊丹先生那麼好」這個切入點進攻，試著獲得許可。雖然是當成幫手找來，而且有點半推半就的感覺，不過這四名高中生都順利加入銀髮導覽志工的行列。以「白目」為人所知的那位老爺爺沒來。

「各位，謝謝你們今天過來。其實前幾天有電視臺通知事務局，說要在節目裡介紹翁琉城。今天有一位……相關人員會從東京過來，好像是想問我們一些事情。說真的我也不太清楚，但是請各位多多幫忙。」

「我可沒聽說要採訪喔。」

久留美朝我噘嘴。

「慢著，我也沒聽說。」

或許電話裡有提到，但我沒有好好聽進去，肯定是伊丹先生告知的方式出問題。我試著巧妙推卸責任安撫她。

久留美抗拒採訪是在我預料之中。我反而比較擔心另外兩人，不過看來是我多心了。華鳥與美嘉聽到要採訪就止不住笑容。

出現的大概會是肩披開襟上衣，戴著有色墨鏡的大叔吧。全明星陣容在翁琉城門前排排站沒多久，出現的是完全不符合我內心想像的人物。

「抱歉來晚了！我在艾米克斯這間製作公司當助導，敝姓古賀。今天請多多指教！」

推測約二十歲的女性，將頭低到背包差點往前滑落的角度。雖然語氣充滿活力，但音調感覺不太自然。

「古賀小姐，專程來這種鄉下地方，辛苦妳了。」

「別這麼說！」

「妳好年輕耶，我嚇了一跳。」

可愛老爺子深感佩服時，古賀助導回應「別看我這樣，我二十四歲了」。二十多歲應該是對時尚敏感的時期，但她甚至沒化妝。薄薄的格子襯衫滿是皺褶，配色花俏的NIKE球鞋髒到像是剛參加完運動會。頭髮雖然染成金色，卻也因為疏於補染，頭頂已經被天生漆黑的髮色侵蝕。眉毛像是當成雜毛剃光光，外表給人的印象很差。這個人真的是從東京來的嗎？

「一路上花了不少時間吧？找個地方喝茶慢慢聊吧。」

總是掛著笑容難以看出情緒起伏的伊丹先生，今天也一如往常。不過從他第一次戴的獵帽與偏尖的音調，看得出他相當認真。

全明星隊與無眉助導，移動到城區內部經營的甜食店。按照人數點了和菓子加抹茶的套餐之後，伊丹隊長在桌上擺滿資料。

「這麼多！謝謝您細心準備！」

古賀助導拿起其中一本，但是翻了四、五頁就早早放回原位。

「啊，不過請給我電子檔！過幾天給也沒關係！」

「……知道了。」

即使是溫厚的七十七歲老爺爺，表情也終究有點扭曲，但古賀毫不內疚，拿出筆電開機。開啟的畫面已經預先輸入幾個問題。

「那個，那麼請容我請教幾個問題！各位平常是怎麼導覽的？麻煩從伊丹先生開始回答。」

「好的。這個嘛，我覺得最好懂的方式就是實際示範給妳看……口頭說明的話滿難的。那個，我包包裡有平常使用的資料夾，所以我用這個……」

城內導覽都會講很久的伊丹先生，在這種場合的問答不可能長話短說。古賀助導打字的舒適聲音加上老人乏味的說明，原本肯定讓人昏昏欲睡，但如果是電視節目的準備會議就另當別論。

伊丹先生說完，輪到可愛老爺子以補充的形式簡單說明。再來換我們了。雖然思考的時間很充足，和古賀四目相視之後，我卻說不出半句話。

「那個……」

「聽說各位高中生有提供照相服務，方便詳細告訴我嗎？」

原來她事先打聽好情報嗎？我微微張開的嘴暫時閉上，朝真司使眼神。這個問題交給他回答應該比較好。

「好……好的。在……在翁琉城裡，有好幾個適合拍照的地點，會……會在那裡拍照紀念。還……還會拍遊客一邊接受導覽一邊逛的樣子。目……目前……現……現在有無線的小型印表機，用……用這個可以在遊客回去之前列印照片給他們。那個……我原本就喜歡拍照，這樣也可以磨練技術，所以很快樂。」

「原來如此原來如此。」

古賀頻頻點頭，大概是回答得不錯吧。我反倒感謝真司講得結結巴巴，得以去除我內心的奇怪壓力，講話變得順多了。

「拍……拍照是我負責，不過導……導覽是由這位女生……」

真司指向我，甜食店所有人的視線隨即集中過來。我穩住肩膀，仔細深吸一口氣。雖然不想承認，但我難得手心冒汗。

「敝姓東，請多指教。」

「東妹是吧，請多指教。妳會講英語嗎？」

「是的。我住過國外，所以姑且由我負責講英語。只是我歷史很差，所以導覽內容是請大家集思廣益。」

古賀依序看向我所說「大家」的三個女生。

「……每一位都好可愛耶。」

久留美微微低頭，華鳥與美嘉露出得意的笑容。

「您人真好。我是華鳥，請多指教。我旁邊是久留美小姐，再過去是美嘉小姐。」

「妳們好～～」

心情大好的華鳥突然開始主導話題。

「古賀小姐，您是關西人嗎？」

「啊，其實沒錯。雖然會注意口音，卻會不小心說漏嘴。」

「哎呀，明明不必注意這種事的。」

「真的嗎？」

「真的。因為從第一次打招呼開始，您的音調就怪怪的。但您好像以為講得很標準。」

「這可傷腦筋了……」

傲慢的大小姐高中生對任何人講話都是高姿態，而且當事人當然沒自覺，這是她美中不足之處。要是個性不夠好，第一次和她見面時應該講不了幾句話吧。從古賀助導的語氣與外表來看，我還以為她是好強的女性，但是看她笑盈盈回應的樣子就覺得不是如此。

「大小姐，妳個性挺不錯的。那我接下來用我習慣的語氣說話吧。話說我很好奇一件事，妳們的制服怎麼都不一樣？我一直以為是同校朋友一起當志工。」

「我們都屬於同一個志工團體。」

仔細說明的話會很久，像這樣簡潔整理才是聰明的做法。如果要鉅細靡遺說明這一年多的事情，得花費一些時間與技術。

「啊啊！原來如此，妳們是在那裡熟識的。」

「是的。」

「幫東小姐補充說明一下，我們分別來自這座翁琉城的東西南北。其實我姓華鳥，但因為來自南方，所以大家都叫我『南』。」

「這是怎樣，很棒耶？這介紹很有趣，我想插入這一段。回去之後我找導演談談。」

「真的嗎？請務必這麼做。」

我滿懷誠意合起雙手拜託。此時我瞥向至今最擔心的久留美，她居然也像是附和我的願望般，朝著古賀助導點頭致意。不知道是她改變心意，或者她其實一直只是表面上抗拒，無論如何都正合我意。

問題問完之後，在甜食店享用的抹茶與甜點費用由古賀全包了。

「東京的人果然很有錢。」

可愛老爺子半開玩笑輕聲說。

走出甜食店，天色比想像得暗。今天沒帶傘，但好像會下雨。銀髮搭檔要幫我們歸還臂章，所以我心懷感謝拜託他們。全明星陣容至此解散。

「我好驚訝，沒想到會做翁琉城的專題。我們會上電視嗎？感覺大家一起上的話會很有趣。」

「我就免了。」

「說這什麼話？絕對不能少了你喔。」

轉身往後一看，真司與華鳥並肩前進。華鳥隨口說的這句話，使得真司不再說話，細細品嘗這份喜悅。

「大家感情變得真好耶～～」

走在我右邊的久留美也看著兩人瞇細雙眼。

「是啊。」

我在意到一件事。美嘉從採訪途中就明顯怪怪的。平常的美嘉在華鳥說話的時候肯定也會掛著笑容點頭，但是剛才坐我左邊的她甚至沒有加入對話的意思。不只如此，她明顯瞪著地面，看起來希望有人提及這件事。這種感覺，記得以前也有過……究竟是什麼因素讓她變成那樣？

「美嘉，剛才怎麼了？」

「……」

即使我想問清楚，她也依然不發一語，而且看都不看我一眼。

「剛才有看到古賀助導的鞋子嗎？是橘色、紫色加綠色喔。毒菇的顏色。」

「……」

「怎麼了？一直不說話……」

「……啊啊！這樣會悶壞，我可以說我現在的心情嗎？」

她突然大喊，使得在場所有人啟動危險感應機制。大家像是心有靈犀般同時停止動作。

「……怎麼……了？」

「反正啊，我們只是志工同伴對吧？」

「啊？」

「因為，古賀小姐剛才問小東的時候，小東不就說了嗎？說得好像我們只因為當志工才在一起。」

「不對不對，我只是認為這樣概括說明可以長話短說。妳……妳想想，這樣也比較好懂吧？」

「我希望妳好好告訴她，我們原本就是熟識的朋友。」

「……」

原來如此。看來她生氣的原因在我身上。我思索如何回嘴，卻立刻放棄。和正在氣頭上的對象說話，最好先冷卻一段時間。

「總之沒什麼關係吧？東小姐也沒有惡意吧？」

華鳥插嘴打圓場，我乖乖點頭回應。

美嘉就這麼默默踏出腳步。她從以前就是這麼麻煩的女生嗎？我們也再度往前走。雙腿變得好沉重。

我認為美嘉經過三天應該會消氣，就這麼沒理她。實際上也沒花這麼多時間修復，隔天她就傳訊息道歉，還表達她對採訪的熱情。

不過，事情進展沒那麼順利。攝影當天，久留美沒出現在翁琉城。

＊5＊

「媽，已經開始了！」

我朝著正在洗碗的母親大喊。接著在背後感覺到母親不慌不忙，一邊以毛巾擦手一邊坐在沙發上。

「由宇，看電視這麼近，視力會變差喔。」

「沒問題的。」

我面向五十吋的大電視回應，以免母親發現我在緊張。我坐的位置確實太近了點，但與其現在才移動，我寧願讓視力變差。

『正式開始了！認真（全力）調查！本日就想去的日本真正好去處！』

主持人「蘋果咖哩」的下田說完節目名稱之後，攝影機鏡頭往後拉，棚內的四名來賓入鏡。

『方便問一下嗎？』

『喔喔，怎麼啦，看來節目剛開始就有人想發表高見了。』

『這節目名稱不太妙吧？既然玩「本日」與「日本」的文字遊戲，「認真」與「真正」也可以配成對，為什麼只有這裡畫蛇添足？寫成「認真」念作「全力」也太沒梗了吧？』

『不准說沒梗，給我向各界人士道歉。』

「蘋果咖哩」下田的吐槽難得不夠犀利，電視無奈傳來硬加的罐頭笑聲。

『那麼立刻來看這段影片吧。』

——今天介紹的好去處是翁琉城。這個區域叫做城州地區，昔日矗立許多城堡，但是留存至今的只有這座翁琉城。許多觀光客來訪的這座城也受到當地居民的喜愛——

配合城堡影片的旁白播放結束之後，先前一起攝影的播報員出現在畫面上。

『各位，我現在來到翁琉城，這裡居然有一位精通六國語言，高齡七十七歲的超知名導覽員。其實今天我們邀請他來到現場，所以立刻請他出來吧。伊丹先生～～』

播報員高聲邀請之後，頭戴獵帽的老人出現在畫面上。伊丹先生實際以西班牙文與中文進行自我介紹。

『伊丹先生，謝謝您接受訪問。』

外語能力超強的老人掛著心滿意足的表情離開了。看來他冗長說明翁琉城的部分整段被剪掉。不知道是因為說話快到字幕趕不上，還是單純因為講太久。

『這座翁琉城還有一群人提供迷人的服務！進行這項服務的……居然還是學生！我們來採訪一下吧，這邊請。』

熟悉的臉蛋們，以及我從出生就備受照顧的那張臉蛋入鏡了。節目一開始就愈跳愈快的心臟飆到極速。

『請多多指教～～』

四人並排在播報員旁邊之後，各人的姓名分別打上字幕。華鳥蘭子、龜井美嘉、工藤真司、東由宇……看來我終於成功在電視節目首度亮相。

『各位是在放學或假日抽空過來擔任導覽志工對吧？』

『是的。和初次見面的遊客交流，小女子我覺得非常快樂。』

華鳥說完這段話，畫面瞬間切換回棚內。

——等一下，她說「小女子」耶！

妻子是辣妹模特兒的藝人朝著華鳥吐槽。我後方傳來母親的笑聲。

『聽說各位在導覽的時候是分工合作。』

『是的。我負責溝通，用這份資料以英語說明。』

我的記憶和畫面上的我重疊。斗大映在面前液晶螢幕的人物確實是我，我卻覺得不太一樣。原來平常我在別人眼中是這副模樣？比我照鏡子或自拍看見的臉蛋醜得多。

輪到真司說話時，我察覺雙腿發麻。看來我正坐太久了。

『我……我負責……拍照。』

真司誇張聳肩到突兀的程度。他原本明明是雙肩下垂又駝背，但因為現在肩膀整個聳起來，所以看起來好像縮頭烏龜。

——嗶。

我以手機拍下電視畫面，附上一句話傳給真司。

（發現棲星怪獸賈米拉！）

『謝謝各位高中生。』

傳完訊息，我們的採訪也結束了，接下來是播報員探索翁琉城的影片。我回想起攝影那天的記憶。這位女性本人給我的感覺比電視上嬌小又柔和。

「你們的鏡頭就到這裡啊。」

「嗯。」

我護著發麻的雙腿，屁股從地面移動到沙發。

「機器人大賽的女生那天沒去？你們不是都在一起嗎？」

「平常都在，但她那天沒去。時間過了也沒來，打電話也打不通，大家急死了。好像是她手機前一天掉了。」

「是喔，你們很擔心吧？」

「嗯。我們以為她不想接受採訪，還說要一起去找她。」

「原來是那種原因嗎……」

「哪種原因？」

「好啦，我得繼續洗碗了。」

翁琉城的影片播完，鏡頭再度回到棚內，口齒流利到絕望的諧星單方面向伊丹先生宣布自己獲勝。棚內籠罩和諧的氣氛。在節目最後，來宣傳連續劇的演員稱讚我們這群高中生。少了久留美還能獲得此等成果算是萬萬歲吧。

節目播放完的隔天風強雨大，我的心情卻難得愉快。我將毛巾與電棒捲藏在包包，而且這天比平常晚到校。

「我昨天看了喔！」

「英語講得那麼流利，超帥的！」

進入教室，等我許久的班上同學圍了過來。在走廊也有初次見面的學生向我搭話，在福利社排隊的時候有學妹找我合照。

第二天，我提早起床，花兩倍時間化妝與整理頭髮。走路的時候總是睜大雙眼，在上下學的途中隨時展現最好的樣貌。

節目播放完的五天後——我察覺了。

「哎呀，東家的由宇小妹，剛放學回來嗎？」
「是的，阿姨好。」
「我看了之前的節目喔。上學還抽空當志工，真是了不起。」
「謝謝阿姨。」
「瞧妳表情這麼嚇人，怎麼了？」
「不，沒事。阿姨再見。」

如今，會提到這件事的只有同社區的長輩。節目播放完的一週後，又回到平凡無奇的每一天，我忍不住對此感到憤慨。

我一直在等待狀況改變。但我再怎麼等，這一天或許也永遠不會來臨。我從想要改變的那一天至今，明明已經改變這麼多了……

即使上了收視率百分之八的節目，估計約八百萬人看見我，要是這八百萬人全部忘記，那就什麼都不剩了。在鄉下地方拼湊出來的我們，頂多只會在鄉下地方出名。

察覺這一點的當天晚上，我認真思考如何才能讓夢想成真。

——沒想到居然會錄取。我只是心血來潮應徵就錄取了。不過如果我當時沒參加徵選，就不會站在這裡了。

我的偶像。擁有一頭美麗黑髮的她，在接受訪問的時候這麼說。明明同樣是人類，看起來卻活在不同的世界。大概是站在能夠滿足的場所吧，所以才能斷言自己在岔路做出正確的選擇。以洋溢此等自信的表情這麼斷言。

我……哪裡做錯了嗎？

節目播放之後，我再也沒去翁琉城。伊丹先生打電話來也全部無視。不過連續響起的來電鈴聲，只會讓我的內心愈來愈痛。我不情不願按下通話鍵。

「……喂？」

「啊啊，董小姐，妳終於接電話了。最近很忙嗎？」

「我想多花一些時間唸書。」

我躺在床上，對這位老人說謊。

「這樣啊……其實，我想讓妳見一個人。最近方便再來露個臉嗎？」

我已經完全沒有擔任志工的意願。我沒有善良到全心服務別人還不求回報。

「方便的話會去。改天有空再和您聯絡。」

反正是要介紹新來的志工給我認識吧。雖說是新人，但想必也是老先生吧。

當晚，我刪除通訊錄裡的伊丹先生資料。

東西南北齊聚的頻率也減少了。即使如此，每週還是會在購物中心美食區閒話家常一次。雖說久留美沒去拍節目，但是和她的相處沒因而變得尷尬。我想責備她，卻不知道怎麼在維持良好關係的前提下責備她。

今天的無意義校園生活也結束了。我斜眼看著匆忙換鞋的棒球社社員，一如往常前往洗手間。放學後的洗手間沒什麼人，很方便化妝。我用打火機為睫毛夾加熱，以熱能將睫毛夾到極翹就完成了。

穿上包鞋踏出腳步，在看得見校門的時候，我的腳急踩煞車。我知道現在站在那裡的人是誰。不過，她為什麼——

「啊啊，東妹！真開心見到妳！」

「古賀小姐！您怎麼在這裡？」

「我今天休假。」

「休假……」

今天的她比上次見面時漂亮多了。不只是畫了眉毛，底妝也上得很紮實所以不泛油光。亮色頭髮也連根部都全部補染。

「所以，我過來找你們。出社會第三年，岌岌可危的助導有一個請求。」

古賀助導一低頭，背包就迅速向前滑落。我連忙出手協助，她隨即害羞地笑了。

Ch.8
救星　～毒菇色的助導～

＊　1　＊

「不會吧……有這種好事……」

收到過於突然的驚喜，我不小心咬到舌頭。我感覺到痛，也嘗到鐵的味道。古賀說的內容順利傳入我的耳中，但是大腦已經過熱，來不及理解與整理。隨著時間經過理解狀況之後，我察覺心臟位置湧現某種東西。某些人或許會將其轉變為淚水，但我以清晰的視野仰望天空。今後即使是花再多錢的慶生會，或是多麼刺激又熱情的求婚，應該也無法超越現在的感動吧。

「古賀小姐，這件事請交給我吧。」

我帶著古賀趕往購物中心的美食區。三人已經在既定的沙發座位放鬆。

「抱歉我來晚了。」

「哎呀，您是上次的……！」

首先察覺異狀的華鳥站了起來。今天她也展現演戲般的驚訝神情。她內心受到震撼的時候，只會做出張大眼鼻口的一零一號表情。

「您為什麼來這裡？」

「那麼古賀小姐，麻煩向大家說明吧。」

古賀以過大的音量喊著「好的！」回應。今天美食區人不多。她的回應響遍全場，美食區附設甜甜圈店的店員疑惑注視我們。

「那個，其實我除了上次採訪的節目……又接了一個節目。」

——古賀接的另一個節目，是家喻戶曉的週五深夜綜藝節目。開播至今好像滿五年了，但是到了今年開始苦於收視率沒有成長，所以在上週的會議達成重整節目內容的共識。

「我想請妳們上那個節目。」

「我們？」

「在我覺得自己撐不下去的那時候，我在翁琉城見到妳們。後來在企劃會議提到我發現一群有趣的孩子，製作人就問我要不要試試看。我至今從來沒負責整個單元的製作……這是我的第一個機會。拜託你們幫幫忙。」

古賀說，同期的助導一個個成為製作人，上個月還有一位前輩像是落井下石般酸溜溜地說「妳果然不適合做節目」。

古賀助導同樣為了實現夢想而心急掙扎。

「唔～～」

久留美鼓起臉頰歪過腦袋。

「可是還有學校要顧……」

「久留美小妹的學校禁止藝能活動？」

「不曉得。因為沒有前例。」

我的學校同樣沒有前例。久留美就讀的西特庫諾高專只要不改造制服，染髮或穿耳洞都是學生的自由，所以校規反而比東高寬鬆才對。我的學校只准在放長假的時期打工，高專則是沒特別限制。如果西特庫諾禁止藝能活動，美嘉就讀的升學學校以及華鳥就讀的千金學校也不可能許可吧。不過我上次上電視的時候，從班導到學年訓導主任都沒對我訓話。大概因為我是以志工活動曝光吧。無論是什麼理由，東高的學生手冊肯定沒禁止這種事。

久留美該不會想拿學校當藉口逃避吧？就像上次採訪翁琉城那樣。不過這次可不能輕易放過她。

「拜託啦，好不好？拍攝日期會配合妳們，當然也會預先向家長說明。我需要『東西南北』這個宣傳標語，所以拜託各位一起來。」

古賀光是今天就不知道鞠躬多少次。還要看她的髮旋幾次，大家才肯答應？

久留美依然面有難色。另外兩人也沒有隨便發言。這段期間，古賀一直低著頭，只能由我打破僵局。

「各位，古賀小姐也是特地跑這一趟，我們就幫她吧。」

「……我贊成。」

雙手撐在桌面的美嘉，就這麼馬虎舉起手。

「古賀小姐，我能體會您的心情，所以請抬頭吧。」

即使依照華鳥所說重新坐正，古賀的表情也沒變得開朗。

「方便告訴我們具體來說該怎麼做嗎？」

「好的。那麼我考慮各位的現狀先做個說明……」
每週一次，三十分鐘的節目。古賀邀請我們製作的是頗為重要的一個單元。
東京好像幾乎每週都會舉辦「某某節」。固定舉辦的戶外音樂節是夏季的代表性活動，不過也會無視於季節舉辦美食系列的肉食節或麻辣節，最近甚至還有算命節。
古賀現在構思的企劃，是由我們高中生前往各種節的會場，突擊訪問店家與顧客。如果是當紅藝人可能會發生粉絲包圍造成恐慌的危險，如果是冷門諧星可能會被拒絕採訪，所以古賀表示圈外的女高中生是最佳人選。
「我想，企劃內容接下來還得慢慢修改，但我希望可以和大家一起討論。」
「光是聽您說就覺得很有趣。不過我的學校也有各種規定。」
「實際上應該會有吧。總之要妳們立刻回覆應該是強人所難，所以方便這週內和我聯絡嗎？這是我的聯絡方式。」
古賀將四張名片擺在桌上之後起身。
「各位，抱歉用掉你們放學後的寶貴時間。期待今後還能再會。」
——那個人，是不是大河久留美？
——她旁邊是特尼里塔斯的華鳥喔。

——好棒，你去搭話吧。

——不要，辦不到。她們不會理我們啦。而且聽說個性超惡劣的。

「南小姐，不要理他們。」

「為什麼？聽他們這麼說，我可不能裝作沒聽到。」

「那種人，扔著不管是最好的做法。」

「……」

「南小姐，妳覺得呢？」

「剛才做節目的話題嗎？」

「嗯。」

「我很感興趣。」

「但妳明明是考生吧？」

「嗯，不過是大家這麼說的。久留美小姐呢？」

「久留美在苦惱。不知道現在應該把什麼東西放在內心的第一順位。」

「這種問題，連我也不知道答案喔。」

「……」

「放心，一定沒問題的。總之試試看吧。」

＊ 2 ＊

「啊，古賀小姐您好，大家都答應了！」

每週錄影一次，一定是週末或假日。不只是不必擔心上學問題，包括交通費在內，每次還能領到五千圓的零用錢。我以「如果不想做了，隨時都可以談」為條件，獲得三人的同意。

節目開始播放，很順利經過一個月之後，古賀告知我們這個測試性質的單元成為常態專欄。華鳥強烈的個人風格，久留美破壞力超群的笑容，美嘉人見人愛的容貌，使得東西南北產生少許需求。因此，我一度失去的夢想也再度找到可行的路。

「不好意思，古賀小姐，方便借點時間嗎？」

「怎麼了，東妹，瞧妳表情這麼恐怖。」

我一如往常在錄影結束之後找古賀。我讓三人先準備回家，帶古賀到四下無人的地方。

「怎麼啦？」

「請問，我們不加入經紀公司沒關係嗎？」

「啊啊，目前沒這個必要。放心吧。」

「不，我反倒想主動加入。」

「喔～～」

古賀摸著下巴思考。她已經不是古賀助導了。因為我們的企劃成功，所以她從助導升格為製作人。多虧這樣，最近的她背影比以前可靠得多。

「我各方面幫妳問問看吧。」

「謝謝！」

隔天古賀打電話過來。錄影行程是以電子郵件寄送，所以我立刻猜到是關於昨天找她談的那件事。

「啊啊，東妹嗎？關於妳昨天問的經紀公司，我可以透過管道介紹一間。」

「真的嗎？」

經紀公司名稱是瑪爾薩克特。雖然沒聽過，不過上網一查，發現旗下有一位我認識的女演員。

「我這邊已經大致說明，不過經紀公司的人說想要當面談。什麼時候可以來東京？」

「下次錄影之後就可以，所以我想訂那一天。」

「ＯＫ，那就是下週日嗎？我會轉達。」

「麻煩您了。」

結束通話之後，我面向書桌。距離星期日還有六天。我從抽屜取出活頁紙與筆。

在古賀的介紹之下，我獨自造訪經紀公司。我對另外三人說買完東西會自己回家。我朝著接了長長睫毛的櫃檯小姐說「我約六點過來面試」，她隨即帶我到深處的房間。這個房間四面都是透明玻璃，中間擺一套紅色大沙發，令人靜不下心。我原本想像面試會場像是會議室一樣正經，連忙想修正內心的模擬情境，但是為時已晚。

穿灰色外套的男性伸手開門。

「東小姐，讓妳久等了。」

肌膚黝黑又大膽露出潔白牙齒的男性，迅速進房之後一屁股坐在沙發上。

「來，請坐。」

「啊，好的。」

「我是瑪爾薩克特的遠藤。事情已經聽古賀說了，節目也看過了。我希望妳務必加入我們經紀公司，不過可以先介紹妳是什麼樣的人嗎？」

也就是要我先進行自我宣傳。壯碩的體格給我莫名的壓力。要是在這種時候緊張，至今克服各種困難的努力將會失去意義。我讓意識脫離自己過度用力的身體。

「好的。我從小四到國二都住在加拿大，所以會講英文。對男生沒興趣，至今不曾和任何人交往。唱歌跳舞是自己研究練習的。沒有任何社群軟體或網站的帳號，因為我害怕資料會一直留在網路上。我想成為偶像。請多指教。」

「……」

灰色外套的經紀公司男性維持嚴肅的表情僵住。我哪裡說得太奇怪嗎？

「……原來妳想當偶像？」

「是的，這是我一直以來的夢想。」

「……原來如此。」

「那個！我想和現在一起做節目的女生們組一個偶像團體！這是資料。」

我將預先整理在活頁紙的三人資料遞給男性。

「咦，這是什麼？是妳製作的？」

「是的！」

南：華鳥蘭子。家境優渥，外表、語氣與就讀學校都是大小姐風格。家裡甚至有泳池。容貌華麗卻帶點傳統氣息，就像是《網球甜心》蝴蝶夫人的真人版。她在學校真的加入網球社，不過在成為節目固定班底之前就退出了。高姿態的發言會討人厭，但她沒有惡意，請多多包涵。

西：大河久留美。原本在當地就很有名。長相可愛，還有寫程式的專長。在機器人大賽獲得全國亞軍，是高專的女明星。全國都有她的粉絲。身高一五〇公分偏矮，總是穿著寬鬆的衣服。

北：龜井美嘉。頭髮與指甲總是維持得漂漂亮亮，對於美容不遺餘力。因為長得美麗，所以常有人以為她個性不好，但她很善良，一直在從事志工活動。

「哇……真厲害。」

「謝謝稱讚。她們每個人的個性都很豐富。」

「最有個性的是妳吧？我在這個業界打滾二十年了，卻第一次見到妳這樣的人。她們也都想成為偶像嗎？」

遠藤露出白色的植牙對我笑。

「有哪個女生不想成為偶像嗎？」

「應該很多吧。」

「我認為大家只是不說，其實內心某處都夢想成為偶像。」

「可惜這個世界沒那麼美麗，而且也有很多人光是聽到『偶像』兩個字就表示厭惡。」

「……」

「抱歉。別把這當成我個人的意見。」

「……」

「我的原則是勇往直前。妳這個人很率直。既然妳難得有自己的專欄，我就試著和節目合作幫妳做點事吧。我也會知會古賀一聲，所以妳今天先回去吧。」

明明肯定是開心的話語，卻不知為何聽起來很冷漠。遠藤直到最後都露出詭異的白色牙齒。從假的牙齒說出口的話語不是真心話。他說偶像的世界不美麗，但我還是不願相信。

＊　3　＊

「哎呀，歡迎光臨。」

「您好。」

相隔數個月見面的店長以及沒什麼人的店內都一如往常，我鬆了口氣。記得上次來這裡，是開始在翁琉城當志工之前的事。

「抱歉久等了。」

「好久不見。」

我向先到的他簡短道歉。記得最後一次和真司見面也是幾個月前了，不過我們這段時間也經常聯絡，所以我自己的感覺是「一小段時間不見」。

「你說好久不見，但應該沒那麼久吧？」

「不過妳想想，我們之前每週都會見面好幾次啊？」

「別講得這麼曖昧好嗎？」

「對不起。」

要是沒有講清楚，待在外場的店長可能會誤會。我明明是認真警告，真司卻在笑。

「妳好厲害。不久之前才在當英語志工，現在卻定期上電視。就這麼把翁琉城當成墊腳石。」

「我不否認，但是別說墊腳石好嗎？」

「志工們看起來都有點落寞喔。啊，不過大家都希望妳向前邁進。我代表高齡軍團轉達想法給妳。」

「真司，你明明不必勉強繼續的。」

「追根究柢是我自己說想要繼續做的。能讓別人高興，又能磨練攝影技術。對我來說是很好的環境喔。」

「很好的環境嗎……真羨慕。我昨天去經紀公司面試了。」

「畢竟妳早就說想加入了。」

「嗯。」

「結果怎麼樣？」

「我想應該會過。」

「這樣啊。東小姐，真是太好了。」

至今發生的所有事情，我都以電話告訴真司。像是翁琉城特輯的迴響沒想像中好，刪掉伊丹先生的通訊資料，還有古賀的出現，我都逐一向他報告。

「現在是什麼心情？」

「要說心情……感覺自己終於走到這一步了。但我害怕安心。會懷疑夢想是否真的會實現。不過開心勝過害怕好幾十倍。」

我將沒能告訴任何人的喜悅告訴真司，壓抑至今的情感一口氣釋放。

「這樣啊。」

他不是露出招牌的咧嘴笑容，而是微微一笑。很少看見這樣的他。

「話說，今天為什麼找我來咖啡廳？」

「沒什麼特別的原因。只是想好好聊一聊。」

「什麼嘛。」

「今後大概再也不能像這樣單獨和妳見面了。」

「……」

我注視手邊的蘋果汁，試著思考這件事。要是事情順利進展，今後就不能像這樣單獨見面。至今在咖啡廳舉行的祕密會議，不知何時變得不需要了。笨拙的我找不到合適的話語。

「最後能和妳約會，真是太好了。」

「啊？約會？」

「嗯。因為今天沒要開什麼作戰會議吧？就只是見個面。」

「……」

真司說得沒錯。我們正在做的事情是約會。即使我們不這麼認為，在他人眼中也是在約會。

沉默愈久，說出下一句話的壓力也愈大。「別當自己是男友好嗎」「不准得寸進尺」

「我不曾認為這樣是約會」，浮上心頭的話語接連消失，最後我說不出任何話。
「啊，對了，你知道五年級的清水嗎？」
雖然沒特別在意，但我想到這個適合打斷沉默的話題。這件事距離至今滿久了，但因為令我印象深刻，所以我依然清楚記得。
「知道啊。為什麼提到他？」
「因為他在工業祭來找久留美，邀她看樂團表演。」
「唔哇，真的假的？」
「從你的反應看來，那個人不太妙？」
「清水是把ＲＰＧ角色取名為『久留美吾愛』的不妙傢伙。」
「呃……」
「結果久留美有去看清水的樂團表演嗎？」
「沒有，基於各種原因變成我去。」
「居然是妳去？為什麼？」
看到真司哈哈大笑，我就放心了。真司笑的時候很文靜。不會拍手，也不會發出奇怪的聲音。他只有色瞇瞇的表情與上揚的嘴角不檢點，但是一舉一動總是文質彬彬。
「妳應該再也不會來工業祭了吧。」

「為什麼？我會去啊？」

「不可能的，因為妳是上電視的藝人，何況今後會成為偶像吧？妳們四人在這個鄉下地方已經是名人，去哪裡都不方便喔。」

「連這種事都會被限制嗎？不過這是我自己希望的，所以不會難過。」

「那如果見不到我呢？」

「會有點難過。」

「光是聽妳說這句話，就不枉費我今天約妳過來了。」

真司注視咖啡，有苦難言般笑了。

「最後可以再問一個問題嗎？」

「什麼問題？」

「既然妳想當偶像，為什麼不參加甄選？這樣明明是更短的捷徑啊？」

「這個嘛……為什麼呢？」

這天，店長不收我錢，而是希望我簽名。他從廚房深處拿出一張簽名板，我以粗麥克筆簽名。雖然簽得很醜，不過只能請他見諒。因為這是我第一次簽名。

「那麼再見吧。」

「嗯，改天見。」

真司柔弱的背影消失之後，我朝他的反方向踏出腳步。有那種背影的人，駝背而且衣服那麼老土的人，居然成為我堅強的靠山……應該沒人想像得到吧。

——為什麼不參加甄選？

即使他走了，這句話依然留在我的腦海。

「因為全部沒錄取……這種話太丟臉了，我可說不出口。」

Ch.9
自我方位

＊
1
＊

這天是第一次進棚錄影。

說到電視臺，我第一個想到的是附有巨大球體的建築物。從小就嚮往進入那顆球的我，抵達古賀助導指定的場所時稍微受到打擊。年代久遠，設計平凡的老式建築。雖然占地廣闊，不過矗立在旁邊的商業大樓漂亮得多。

承受警衛刺過來的視線五分鐘後，親愛的古賀終於出現。工作模式的她當然沒畫眉毛。搭首班電車兩小時遠赴東京的我們沒特別獲得慰勞的話語，古賀開始帶領我們這群純真的女高中生前進。

「古賀小姐，接下來要做什麼？」
「這我不能說。好啦，到攝影棚了。這裡就是錄影的D棚。」
古賀在看起來沉重的門前停下腳步。
「妳們四個不要擠成一團，快進去吧。記得要大聲喊『請多指教』。我也會一起進去。」
「……」
「別杵在原地，走吧。預備……」
我用著發抖的手使力打開門，等待我的是好幾臺攝影機。最大的攝影機前面站著熟悉的男性。那個體型以及灰色外套，是瑪爾薩克特的遠藤。
『來，請往這裡。』
我們被催促走到遠藤面前。攝影機在這段時間也一直拍我們。
『雖然很突然，不過我有話要和今天來到這裡的各位說。』
我以外的三人都僵住，我甚至擔心她們心臟會不會停止跳動。遠藤這名男性的真正身分，以及接下來會發生的事情，四人當中只有我知道。

『東西南北的企劃受到好評，所以本節目的片尾曲〈自我方位〉，要請各位來唱。』

拿在手上的小型攝影機逐一湊向我們的臉。我一邊注意角度，一邊露出吃驚的表情。

『事不宜遲，我想開始安排唱歌與跳舞的訓練課程。再來就是加入經紀公司之前，要向各位的監護人進行說明，還有一些文件要填寫……』

當時的狀況在隔週的節目播放。直到幾個月前由圈外女高中生進行突擊採訪的那個企劃，成為四人踏上偶像之路的成長史。

「我們是不是就這麼逐漸被帶往另一個世界啊？」

「久留美甚至現在就想逃走。」

「我能理解各位內心的不安，不過至今也是勉強走過來了。今後只要繼續順其自然活下去，肯定是船到橋頭自然直喔。」

「南小姐，脫離普通的高中生活，妳不在意嗎？」

「嗯，我原本就不討厭受到注目，而且和大家共度的每一天都好快樂。」

「這樣啊……說得也是……」

「……久留美小姐，妳在哭嗎？」

＊2＊

加入經紀公司之後，不只是演唱節目的片尾曲，還開始接到別的工作。某天我得知每個月購買的偶像雜誌其中一頁介紹我們，開心到回家時是三步併兩步衝上樓。

同時也開設了部落格。至今沒用過社群網路媒體的我，首度察覺自己沒有吸引他人注意的技巧。

久留美上傳的圖片九成是自製機器人，另外一成是自拍照。照片的破壞力與稀有度，使得久留美的網友留言數遙遙領先。最新上傳的網誌是附上照片介紹如何用兔子髮圈綁頭髮，留言數破千。

華鳥每次都以「大家好」開場，再回答網友的幾個問題。這位意外認真的大小姐明明沒人問，她卻洋洋得意表示網誌都是以今年一月買的那臺筆電寫的。

留言數量排行依序是久留美、華鳥、美嘉，我墊底。明明對偶像滿懷熱情卻無法好好寫在網誌，我對這樣的自己感到火大。

在資訊化的社會中，我們的身家資料很快被清查出來。四人曾經當過志工，久留美參加過機器人大賽。不枉費我預先布局——我原本是這麼確信的。

但是發生出乎預料的事件了。

某天進行訓練課程的時候，經紀人只叫美嘉過去，過了好幾個小時都沒回來。

我們即使上完訓練課程，也依然在房間等待。數小時後回來的美嘉雙眼紅腫。

「美嘉怎麼了？」

「發生了什麼事？」

「……照片……和男友的……對不起……」

我立刻理解狀況。

「糟透了。」

我當場以美嘉的名字上網搜尋，很快就找到出事的圖片。

註明「三年紀念日」的雙人照。對方男性是「歡笑小天使」的成員。應該是從他的推特外流的。令我驚訝的在於這張照片是在上週上傳。他們還在交往。

那麼，當初在書店遇見美嘉的時候，她為什麼在看《不為愛情而活的年輕人們》？光是這樣就判斷她沒男友的我也太粗心了。明明好不容易讓網友挖出我們從事志工活動的往事，但在同時挖出這張照片之後，我的努力化為烏有。

結果美嘉沒受到任何處分就繼續演藝活動，但是她好一陣子沒對我們展露笑容。我們也不知道能對她說些什麼。既然明白東西南北必須湊齊才有意義，她也沒辦法自願退出。

下週節目播完之後，會以現場演唱的形式播放〈自我方位〉。長達一個月的訓練課程終於得以發揮成果。

「來，東小姐，這個給妳。其他人在這裡拿麥克風過去。」

即將預演的時候，假麥克風發給我以外的三人。也就是要對嘴。

「為什麼只有我唱？」

「這是頻率的問題。」

「將歌曲傳達給大家，以舞蹈吸引大家，這樣才是偶像吧？」

我一說出這段話，後臺的氣氛頓時改變。大人們都露出厭惡的表情。

「可……可是我歌喉不好，這樣幫了大忙。」

「南小姐，既然覺得唱不好，那就多多練習吧。」

悠哉掛著笑容的華鳥以及不發一語的工作人員都令我火大。總是只有我這麼拚命，為什麼大家都是若無其事站在原地？

「東西南北～～以青春車票周遊中～～♪」

歌曲收錄完畢，我檢視經紀人用手機拍的影片，發現只有我唱的段落嚴重走音。這樣簡直像是我唱得最爛。明明其他人手上的麥克風沒作用，明明這麼一來也能笑得比較從容，這麼一來不就只有我吃虧嗎——

「南小姐，妳現在快樂嗎？」

「…………直到不久之前都很快樂。」

「上次，南小姐對久留美說的那段話，久留美還是覺得錯了。」

「……」

「只要順其自然活下去，肯定是船到橋頭自然直……妳是這麼說的。可是南小姐，久留美快要出問題了。」

「久留美小姐……」

「美嘉再也不笑了。因為素昧平生的人們對她施加言語上的暴力。藝人遇到這種事是稀鬆平常對吧？」

「……」

「這不是很奇怪嗎？為了錢？還是為了名譽？為什麼大家想要出名？」

「大概是想讓許許多多的人接受自己的存在吧。」

「久留美不懂。久留美不需要別人的意見。只要能以自己想要的方式生活就好。」

「不過久留美小姐，這是機會喔。我們是因為各種命運的交集才位於這裡。這種經驗，這輩子或許沒有第二次了。」

「認定這是機會，所以就這麼順其自然活下去？這樣只是一種賭博喔。」

「要是賭贏了，夢想肯定也更容易實現。」

「南小姐的夢想是什麼？」

「……」

「維持現在的生活，真的就能實現夢想嗎？」

「……不知道……可是……」

「求求妳，別再阻止久留美了。在久留美出問題之前……放了久留美吧。」

「咿呀啊啊啊啊～～！」

在經紀公司的會議室開會時，突然傳來這聲哀號。四面玻璃的會議室完全看得到門外的樣子，立刻可以確認是久留美在哭喊。她非比尋常的模樣，使得在場的大人們以及正在開會的我們都停止動作。記得久留美今天是第一次單獨接通告……究竟發生了什麼事？

「啊啊啊啊——」

經紀人半拖著她進入深處房間。會議暫時中斷，但是大人們命令我們別走出會議室。

鴉雀無聲的空間，聽得到久留美的聲音。

「我受夠了受夠了受夠了。我不懂。我不是我。站在鏡頭前面就搞不懂我是誰。小學的理科題目我答不出來。我不知道為什麼想不出答案，我整個人快壞掉了。」

隱約聽到大人們安撫她的話語，但她的哭喊聲不曾變小。

「這種題目都答不出來，我又笨又無力……啊啊，怎麼辦？要是那段播放出去，會有很多人以為機器人這種東西誰都能輕易製作。我受夠了受夠了。我不想上電視，不想出名，不想被人看見我！」

完全變得自暴自棄。繼續放任久留美哭喊的話就糟了。

「我得去說服久留美。」

「等一下，東小姐。」

「什麼事？」

「妳去了想怎麼做？」

「對久留美說，只要下次成功就好。」

「……東小姐真的什麼都不知道。久留美小姐達到極限了。」

「極限？妳在說什麼？久留美肯定是太容易緊張，過一段時間就……」

「就會崩潰。」

「不然要我怎麼做？」

「讓她回復為平凡的女生吧。久留美原本就不喜歡引人注目或站在臺前吧？東小姐肯定知道的。」

「好不容易走到這一步卻要退出？」

「沒錯。我察覺到一件事。說起來，當偶像並不快樂。」

連一旁的美嘉都微微點頭同意華鳥這段話。

「南小姐，妳和美嘉都怪怪的。穿漂亮的衣服，梳可愛的髮型，在攝影棚受到千萬光芒的照耀，這是多麼幸福的事……」

「東小姐，之所以覺得這樣快樂，是因為妳喜歡偶像。」

「沒那回事！習慣之後，肯定也會逐漸快樂。偶像可以為眾人帶來笑容耶？天底下沒有比這更美妙的職業！」

「……即……即使……」

沉默至今的美嘉，微微張開顫抖的雙脣。

「即使不能……為身邊的人帶來笑容？」

「啊？」

「小東，現在的妳很奇怪。很恐怖。」

「……」

「昔日拯救我的帥氣小東，已經不存在了……以前的小東去哪裡了？」

美嘉崩潰哭泣，華鳥輕撫她的背。久留美的哭喊聲也沒停過。想哭的是我。我整理完隨身物品，離開經紀公司。為什麼？為什麼？事情變成這樣，我滿腦子只有後悔，即使到家也沒有消失。

＊３＊

數天後，遠藤告知即將和三人解約。雖然沒要求我一起離開經紀公司，不過節目裡的東西南北常態專欄改成別的企劃，我完全沒通告可接。同時部落格也關閉，預定的活動當然全部中止，片尾曲也立刻改成其他創作者的新歌。

以為終於獲得的偶像稱號，鑽出我的手心逃離了。

我第一次懷抱這麼憂鬱的心情上學。我不想承認自己變成行屍走肉，但我上課時就這麼看著黑板，意識則是飛到窗外。

午休時間，別班的亞子特地來找我說話。

「啊～～東同學，昨天我也看了喔。妳好像很忙，在學校碰到什麼困難隨時跟我說吧！」

怎麼可能找妳說。以往我都會將真心話藏在笑容底下，但是今天做不到。

「謝謝。我知道妳一直在背地裡說我壞話。」

節目以預錄的影片填補空窗期，所以周圍沒察覺東西南北的變化。在這個時間點，居然要在下午進行生涯規劃說明會。對於現在眼前一黑的我來說，這是無比殘酷的時間。

在體育館，臺上的演講者俯視依照班級排成縱隊的我們。推測約三十五歲，戴眼鏡穿套裝的黑色短髮女性，以「從一年級就準備大學考試絕對不算早」這句話為開場白，冗長說明「這三年的生涯規劃建議」。任職於大型教育公司，每次都在幾百名升學學校學生面前擔任講師說明的這位女性是成功案例嗎？

環視周圍，看來心不在焉的並非只有我。同屆的大家內心在想什麼？我向右邊盤腿看英語單字本的男生說話。

「不用聽臺上說話嗎？」

「啊？」

連名字都不知道的別班男生看向我嚇了一跳。

「那個人正在說明喔。」

「是啊。但我已經決定要報考哪間學校了。」

「這樣啊。」

我好羨慕現在就知道該做什麼的他。

「東同學妳呢？」

「為什麼知道我的名字……」

「因為妳是名人啊，但我沒有實際在電視上看過妳。」

說完之後，他像是不好意思般笑了。

「東同學想考哪間學校？」

「我還沒決定，感覺我的目的不在大學。」

「是喔。那妳將來想做什麼？」

「祕密。」

「既然保密就代表已經決定了吧？太好了。」

「哪裡好？」

「升上高中之後，再也不會有人問將來要從事哪個職業對吧？既然就讀這間學校，就會走上這樣的人生，被拖到沒什麼選擇的軌道。像是那樣。」

他以小指指向正在演講的女性。

「所以我一直感到不安，懷疑是否有人確實懷抱夢想。現在在這裡聽演講的學生們，我想大多是因為符合自己的成績水準就進入東高，然後報考符合自己水準的大學，寄履歷表到應該能錄取的公司，進入錄取的企業上班。雖然這樣也不差，但我覺得有點可惜。」

「既然這麼說，那你自己想做什麼職業？」

「以勤勉為必備條件的最帥氣職業。」

「最帥氣職業……」

世上明明有許許多多的志業，他卻擅自排序。這個人也太幸福了。我將最近一年的自己，和面前這個連名字都不知道的男生重疊。

我最嚮往的職業不歡迎我。得知這個事實的時候，等待我的是無止盡的悲傷與羞恥。我不希望身旁的他品嘗這種感覺。

「學業，好好加油吧。」

「嗯。也祝妳夢想成真。」

我接下來想怎麼做？我再度自問，不過浮上心頭的理想果然和至今一樣。第一次看見偶像時刺入內心的那股震撼，我永遠忘不了。但我不是可以實現夢想的人。嘴裡說為他人著想，所作所為卻都是為了自己。戴著溫柔善良的面具，一旦不如意就面不改色傷害別人。這種傢伙不應該成為偶像，我好歹明白這一點。雖然明白，但只要我依然是個性惡劣又不服輸的我，就不會輕易討厭至今喜愛的事物。

現在在這裡哭泣非常難看，絕對不會被允許這麼做。即使撐不到回家，至少也要在獨處的時候再哭。可是，我身上明明連手帕都沒有，卻止不住淚水滑落。我將臉埋在膝蓋，靜靜哭泣。

這天放學後，我在北高校門等朋友回家。

「對不起。那個……」

「哇，嚇我一跳。怎麼了？」

「方便的話，可以告訴我嗎？我想知道以前的我是什麼樣的人。」

我抱持被冷漠拒絕的覺悟來到這裡，還沒確認美嘉的表情就低下頭，注視著美嘉的鞋尖祈禱。

「……好啊。到旁邊的公園聊聊吧。」

缺乏兒童遊樂器材的這座公園，除了我們沒有其他人。走在前面的美嘉不是坐在長椅，而是鞦韆，我也坐在另一架鞦韆。

「小東，妳聽遠藤先生說了嗎？」

「嗯。妳們都要退出對吧？」

「對不起。」

「妳不需要道歉啦。」

「可是小東，妳眼睛是腫的。」

美嘉從我身上移開視線，輕輕盪起鞦韆，然後慢慢將時間回溯。

「妳……不記得了吧？我被班上同學與老師當空氣的時候，只有妳會來找我說話。」

「……」

「我很擔心妳這麼做的話，會不會和我一起遭受霸凌。不過妳是這麼對我說的。『我是有事才找妳說話，不懂為什麼要被別人阻止。如果是我不尊敬的人，他說什麼話我都不會聽。』」

「原來我從以前就那麼囂張。」

「不，當時的小東很帥氣。漂亮又聰明，而且絕對不會哭。」

但我剛剛才哭過一場……我在內心悄悄這麼說。

絕對不會哭的孩子。我想起來了，在小學時代，老師曾經因為我沒哭而通知家長。

我一直忘到現在，不過事情的開端也是演講會。全校學生在體育館集合，當天是宣導拒絕毒品與大麻的誘惑。一位留鬍子的大叔流淚說自己因為車禍失去兒子，肇事原因是毒品。演講的時候被啜泣聲圍繞，兒童會長在最後語帶哽咽地道謝。我忘不了那幅震撼的光景——淚水籠罩整間體育館，彷彿你如果沒哭就沒有人性，是一個異常的空間。

我哭不出來，呆呆看著大人們。留鬍子的男性、老師、平常很少見到的大人們哭泣的臉龐，我看在眼裡不是很舒服。班導覺得我當時的行為很奇怪，在演講會後特地打電話給家長。那天晚上，爸媽問我當時為什麼沒哭。我記得當時是基於正當理由所以老實回答。這樣的我居然會在生涯規劃說明會掉淚。

「可是小東後來出國……我真的變成孤零零一個人。只是這樣還好，但我受到淒慘待遇，淒慘到不願回想。所以我不再上學，改去馬場屋。我努力考國中，和大家上不同的學校，也換了臉蛋，打造全新的生活。可是，沒有用。某人將我小學時代的事情傳到北高。畢竟是鄉下地方，所以這種事很快就會傳遍。」

「……」

「我從國中時代就知道久留美這個人。我好羨慕她。長得可愛又有才華，我每天都上網搜尋久留美，想知道怎麼做才能變成像她那樣。我想更了解她，想著想著，開始想直接見她本人。後來我在車站埋伏等待久留美。第一次見到她本人的時候，我受到很大的震撼。但是更讓我驚訝的是妳在她旁邊。」

「……」

「我的英雄居然回日本了。我不顧一切追著妳們兩人，然後在書店找妳們說話。」

「咦……」

原來那不是偶然的重逢？

「小東。」

鞋子和沙子摩擦，硬是讓鞦韆停止擺動。改變許多的美嘉臉蛋。那雙變大的眼睛注視著我。

「我啊，是小東的頭號粉絲喔。」

＊　4　＊

「慢慢坐吧。」

店長在最深處的四人桌擺上四個玻璃杯之後，走到吧檯後方。一如往常的蘋果汁味道，凸顯真司不在場的突兀感。

「原來有這樣的店啊。」

我選擇讓東西南北重逢的場所，是熟悉的咖啡廳。接下來必須好好和三人談談。我相信這間店能緩和我不安的心。希望她們別離開經紀公司，或是害怕自己就這麼被她們討厭……我完全沒有這一類的想法，而是任憑情感而活。以前的我大概都是這樣走過來的。

「華鳥小姐、久留美、美嘉，對不起。」

「……」

「我一直純粹覺得妳們了不起，認為只要和妳們在一起就無所不能。但我各方面將妳們拖下水，真的做錯事了。」

「小東的夢想……」

久留美張開小小的嘴。

「久留美早就隱約察覺了。可是，抱歉幫不上妳的忙。偶像這種角色，讓眾人懷抱幻想的這種工作，久留美無論如何都做不來。介入不認識久留美的陌生人人生，久留美會害怕。」

「久留美……」

「因為當偶像沒辦法和寫程式一樣除錯。」

久留美露出和招牌兔子髮圈一樣的為難眼神笑了。

「我也要道歉。」

美嘉看著下方，只動著嘴巴這麼說。她以雙手包覆玻璃杯，緩緩抬起視線。

「我認為不應該抱持模稜兩可的心態參與。包括他以及小東，我覺得對不起大家。還有……今後還能一起做好朋友嗎？認識大家之後，我真的改變了。覺得很慶幸能活在這個世界。」

「講得太誇張了啦～～那還用說嗎？久留美也好喜歡大家，所以今後也永遠是朋友。小東，妳說對吧？」

「當然！…………但我還是很納悶。美嘉，戀愛這麼重要嗎？」

「呵呵，小東，等妳有了重要的人就會懂喔。」

這一天終將到來嗎？現在的美嘉掛著幸福的表情，但我不想理解她的內心。我現在這樣幸福得多。

「東小姐，我啊……」

至今不發一語的華鳥緩緩開口。

「我找到想做的事情了。」

「想做的事情？」

「是的。我想到全世界各地進行賑災活動。」

「咦，妳是認真的？」

「當然是認真的。」

我以為這位大小姐總是擺高姿態，講話三句不離自己，只選快樂的事去做，不過我或許一點都不了解她。

「大學考試呢？」

「不考。反正必要的時候繼承爸爸的公司就好。」

「好強的行動力耶。」

「大家不都是這樣嗎？如果沒有相當的行動力，我們的高中生活就不會這樣過了。」

「沒錯！」

久留美與美嘉異口同聲地笑了。機器人大賽、志工、電視節目。東西南北至今做的事情都很特殊，但她們三人陪著我走到現在。

「東小姐，謝謝妳找到我。」

「和久留美感情這麼好的女生，小東是第一個喔。」

「我今後也會一直為妳加油。妳還沒放棄吧？」

做不到的事情充斥在這個世界，可說是困難重重。不過一度伸出去的手若想收回來，一定要先抓到某些東西，或者是將手砍斷。幸好我的手還只受到輕傷。

「即使想放棄，我也放棄不了。」

知名製作人經手的新偶像團體，據說審查有五道關卡。我已經寄出履歷表。

終章

『感覺真的是一連串的偶然。起因是我不經意報名參加徵選之後錄取……不過沒想到我有這個榮幸……可以上我以前就常看的這個節目……』

至今被問過好幾十次的這種問題，我已經有一套制式回答。我這個人應該以虛假的薄紗包覆？還是褪下一切展露真正的我？我幾乎每天都要面對無數選擇。雖然已經習慣這種生活，但是自己依然常常不是自己。偶像的使命是持續擔任自己的專屬製作人。

『聽說妳高中時代從事過志工活動。』

『是的，雖然沒做多久……但我做過。受到他人感謝不是簡單的事。不過，每當自己成為他人笑容的助力，就可以一起享受喜悅。所以我也想在現在的工作看見許多人的笑容。不過就某方面來說，這算是我自己任性的要求吧。』

我在節目的現場觀眾發現粉絲。每次活動都親自前來參加的她們，將印著「小東」的毛巾蓋在腿上，面帶微笑。

『以上是今天的特別來賓，國民偶像團體的隊長——東由宇小姐的專訪。』

『謝謝各位。』

長達兩週的貼身採訪，在收錄完畢之後轉變為成就感。坐著的時候總是要併攏雙腿；用餐的時候要吃得漂亮；姿勢隨時要抬頭挺胸；一定要準時；為了避免臉泛油光，再怎麼早起都要好好上妝。幸好我維持自己能接受的水準努力至今。在攝影棚看採訪影片時，影片裡的我確實是一名偶像。

「辛苦了。」

在攝影棚外面等待我的經紀人、彩妝師與造型師拍手迎接我。不在乎鞋跟很高，踩著小跳步回到後臺的我，大家以溫柔的表情包覆。

「結束了結束了！」

我在充滿便當香味的後臺放聲大喊。就這麼以懶散的姿勢換回便服，整理隨身物品之後離開。那個人肯定在電梯前面等我。

「東妹，辛苦了。」

「古賀製作人，謝謝妳！」

濃濃的關西腔。眉毛雖然有畫，但依然老樣子頂著一頭金髮，身穿輕便的薄上衣。看來古賀只有立場變得比較了不起。

「我等一下要去見大家。」

「真的嗎？幫我向她們問好。」

「好的。您辛苦了！」

晚上六點到代官山藝廊門口。錄影按照預定時間結束，時間應該很充裕。我在地下室的門廊坐進接送車，坐在駕駛座的司機是熟面孔。

「是要回家嗎？」

「麻煩到代官山。我和朋友約在那裡會合。」

大家不知道多久沒齊聚了。只有我與久留美住在東京，所以如果沒什麼特別的活動就不會聚在一起。

——我要舉行攝影展了，希望妳來參觀。

上週，他相隔八年打電話給我。他的手機號碼也沒換過，所以我看到來電顯示的名字時嚇了一跳。

「到這裡就好。謝謝。」

車門還沒完全開啟，我就下車衝向朋友們等待的場所。

「小東～～！」

率先撲向我肩頭的是久留美。二十六歲的她，頭上已經沒有兔子髮圈。

「東小姐您好。上次很愉快。謝謝。」

身穿純白大衣的大小姐，不久前才來參加我的演唱會。南小姐每次都會帶著幸一起來。

「小東，好久不見。」

大腹便便的美嘉，感覺有點像馬場阿姨。她的第二胎即將出世。

「各位，久等了。」

「那就進去吧。阿真也在裡面等了。」

——星空攝影展　～工藤真司～

入口垂著大大的簾幕，仰望簾幕文字的我內心一熱。由於已經是閉館時間，館內除了我們沒有其他客人。

久留美推開沉重的玻璃門，正前方站著一名男性。威靈頓黑框眼鏡加上駱駝色長褲的他，是我非常熟悉的老朋友。

「阿真！」

「真司先生！」

他向跑過去的久留美、華鳥與美嘉打招呼。我暫時打量這樣的他。雖然皮膚不像以前白得像是舞妓，但是將近三十歲的他沒有變老的感覺。大概因為身材依然偏瘦，弱不禁風的氣息揮之不去，但我反而感到開心。我看著他以穩重眼神說話的側臉時，威靈頓黑框眼鏡突然朝我聚焦。

「東小姐，好久不見。」

「好久……不見。」

「那我們先進去看喔。」

「咦，等一下……」

久留美輕拍真司的背，然後帶著華鳥與美嘉先走了。鴉雀無聲的遼闊門廊只有我與他。還以為真司和我一樣掛著為難的表情，但他是以柔和的表情看我。他如今不必利用咖啡就能充分散發成熟的氣息。

「謝謝妳百忙之中抽空過來。」

「別這麼說。居然舉辦攝影展，你好厲害。」

「都是託妳的福。謝謝。」

他說著深深低下頭。

「我什麼都沒做喔。畢竟你從以前就有這個天分。」

「妳以前從來沒對我說過這種話吧？」

看著咧嘴笑嘻嘻的真司，我內心的緊張終於逐漸放鬆。他的這種笑法……和那時候一模一樣。

「我想聽妳的感想。回去的時候可以告訴我嗎？」

「當然。」

「那麼，我在出口等。慢慢看吧。」

在真司目送之下，我踩著不安的腳步聲，沿著行進路線前進。

第一張是石砌教堂與滿天星斗的照片，命名為《特卡波》。我對如詩如畫的這幅風景有印象，不過攝影日期是去年。

從事「偶像」這個職業之後，我接觸相機的機會也增加了。定期拍寫真照、ＣＤ封面以及寫真集。但我雖然經常被拍，對於攝影技術也不是很熟。我甚至不知道快門速度要調快還是調慢才能避免拍出手震照片。即使是這樣的我也知道，真司拍的照片真的很美。

按照箭頭指示前進，前方是一扇黑色的門。應該已經看了三十張照片吧。雖然時間短暫，不過或許已經到出口了。

——我打開門。

「終於來了！」

「我們等好久了。」

留下我先走的三人在門後等我，絲毫沒有內疚的樣子。

「等一下，妳們先走也太過分了吧？」

「抱歉抱歉。」

「小東妳快看！」

美嘉手指的前方，掛著至今所展示照片完全沒得比的巨大照片。這張照片使我發不出聲音。

「…………這張……是……」

當時的記憶瞬間甦醒。在他手上發出小小快門聲的萊卡。身穿廉價服裝的我們。

「這輩子再也不會有這種經歷了吧。」
「無牽無掛，做自己喜歡的事情，天南地北閒聊歡笑。當時好快樂耶～～」
「原來我曾經露出這麼幸福的表情啊。」

《四合星～trapezium～》
攝影日期是距今八年前的五月二十六日。女高中生們都渴望能實現夢想。

「怎麼樣？」
「是非常棒的攝影展。謝謝。」
「八年前的事，東小姐還記得嗎？」
「看到那張照片就回想起來了。是你在工業祭幫我們拍的吧？」
「當時拿起相機拍照的那一瞬間，我至今也忘不了。」
只是一心一意想成為偶像。當時的我比現在還要幼稚、笨拙、遜色又帥氣。
實現夢想的喜悅，只有實現夢想的人知道。現在的我可以清楚說出口。向當時的我說出「謝謝」兩個字。

「其實我或許應該更早告訴妳的。」

「咦？」

「第一次見到妳的時候，妳就是閃閃發亮的一顆星。」

〈自我方位〉

講究外在的集合體
在十六歲陷入苦惱
大人的定義

標新立異的打扮是意志的表露
嘲笑我的這座城市
我已經不想和平共處

東西南北
以青春車票周遊中
順風是可靠的助力
這份愛情撥弄著裙襬

尋找存在價值
對抗孤獨的這段人生
毫無徵兆就宣告終結
閃耀的出發點
見得到你的日子

座無虛席的時尚咖啡廳
不喜歡人群的我
前往古老的小茶館

播放音樂的唱片是自我投影
在淚水滑過臉頰之前
一口喝光手中的咖啡

東西南北
以青春車票周遊中
前往未曾探訪的土地吧
現在的我擁有這份勇氣

將最高傑作
一次次更新的人生
雖然對我來說過於耀眼
但是我想要實現
和你的那份約定

人生地圖
在終點畫上星號吧
不需要指南針
只要循著光芒前進就好

〈首度公開〉
《達・文西》二〇一六年五月號～二〇一八年九月號

嬉文化

成為星星的少女

（原名：トラペジウム）

作者／高山一實　譯者／張鈞堯　封面插畫／たえ
發行人／黃鎮隆　副總經理／陳君平
副理／洪琇菁　國際版權／黃令歡
執行編輯／呂尚燁　美術編輯／方品舒
企劃宣傳／邱小祐
發行／英屬蓋曼群島商家庭傳媒股份有限公司城邦分公司　尖端出版
台北市中山區民生東路二段一四一號十樓
電話：（〇二）二五〇〇—七六〇〇（代表號）
傳真：（〇二）二五〇〇—一九七九
中彰投以北經銷（含宜花東）／楨彥有限公司
電話：（〇二）八九一九—三三六九
傳真：（〇二）八九一四—五五二四
雲嘉經銷／威信圖書有限公司　嘉義公司
電話：（〇五）二三三—三八五二
傳真：（〇五）二三三—三八六三
客服專線：〇八〇〇—〇二八—〇二八
南部經銷／威信圖書有限公司　高雄公司
電話：（〇七）三七三—〇〇七九
傳真：（〇七）三七三—〇〇八七
香港總經銷／城邦（香港）出版集團有限公司
香港灣仔駱克道193號東超商業中心1樓
電話：（八五二）二五〇八—六二三一
傳真：（八五二）二五七八—九三三七
E-mail：hkcite@biznetvigator.com
馬新總經銷／城邦（馬新）出版集團　Cite(M)Sdn.Bhd.
E-mail：Cite@cite.com.my
法律顧問／王子文律師　元禾法律事務所
台北市羅斯福路三段三十七號十五樓
二〇二〇年六月一版一刷

■中文版■

郵購注意事項：
1. 填妥劃撥單資料：帳號：50003021戶名：英屬蓋曼群島商家庭傳媒（股）公司城邦分公司。2. 通信欄內註明訂購書名與冊數。3. 劃撥金額低於500元，請加附掛號郵資50元。如劃撥日起 10～14日，仍未收到書時，請洽劃撥組。劃撥專線TEL：(03) 312-4212 ・ FAX：(03) 322-4621。E-mail：marketing@spp.com.tw

國家圖書館出版品預行編目資料

成為星星的少女 / 高山一實 著；
張鈞堯 譯. --1版. --臺北市：尖端出版, 2020.06
面 ； 公分. --(嬉文化)
譯自:トラペジウム
ISBN 978-957-10-8890-7(平裝)

861.57　　109003449